西園寺 蓮
あああああ、やっぱりそうなりますよねえええええ！
西園寺 菊華
「こえちょーだい！」
「あっ……！」
西園寺 白百合
JN207538
Akuyakukazokureijo no Ani ni Tenseishita Ore
Hametsukaihi no tameni Imotokyoiku wo Ganbattara
Saiko ni Kawaii Burakonreijo ga Bakutan shimashita

「めいー、くいしゅましゅ！」

白虎
我は白虎。
西を守護する四神として、
お主をあるじとして
共に付き従わん――
「おい、お前。ちょっと顔を貸せ」
東條 蒼梧

「ずっといっしょ……？」
「そう、ずっといっしょ」

プロローグ　悪役華族令嬢の兄に転生しました

「はじめまちて、おにいたま。きっかともうちます」

晴れ着を着た愛らしい少女が、緊張と期待の入り混じった眼差しで俺に挨拶をして来る。

今日からこの二人がお前たちの新しい家族になる――、と。

父から、少女とその母親を紹介されたのは、俺が九歳の時だ。

その瞬間、俺はまるで自分が電流に打たれたかの如く、突然ビビビッと記憶が甦った。

この世界が、俺が前世で生きていた時に読んでいた人気小説『しらゆりの花嫁』の世界であるということを。

そうして、この目の前にいる少女こそ――、『しらゆりの花嫁』の物語に出て来る悪役令嬢、西園寺菊華（さいおんじきっか）その人である、ということを――。

俺の名前は西園寺蓮（れん）。
この国きっての名門華族である西園寺家の長男であり――大ヒット小説『しらゆりの花嫁』の悪役令嬢、西園寺菊華の兄である。
『しらゆりの花嫁』はもともと、前世の世界で女性向け小説としてウェブサイトで連載されていたものだった。

当時妹が読んでおり、面白いと言っていたので付き合い程度に読んでいたら、それがあっという間に人気を博し書籍化し、あれよあれよとアニメ化、アイドル芸能人を使って実写化と、軽く社会現象を起こした作品だ。

あらすじとしては、異能と呼ばれる超能力を持つ、大正時代を彷彿とさせる架空の世界の華族たちの話で、その中の主要四大華族のひとつである西園寺公爵家（つまり我が家だ）に生まれた主人公の少女、西園寺白百合（しらゆり）をめぐる物語。

白百合は、西園寺家に生まれた嫡女だったが、その異能の能力を発現できず、異母妹の菊華に虐げられる日々を送っていた。

――しかしある日、白百合が十七歳になった年に。

白百合は四大華族の中の筆頭家である東條（とうじょう）家当主に見初（みそ）められることとなる。

そうして、それがきっかけとなり、白百合を虐げていた菊華（なんなら白百合になり代わって当主に擦り寄ろうとしていた）――ひいては西園寺家が糾弾されることとなり、菊華は追放、我が家は没落する運命を辿ることとなる。

白百合は当主に愛され、めでたくハッピーエンドを迎える、というストーリーだ。

その物語の中で、俺――西園寺蓮、というのは、まあ言うなればモブである。

菊華が実の妹を虐げているのを見ても、別にどうとも思わない。

むしろ、家名を重んじる西園寺蓮は、無能な人間は西園寺家には必要ないと、ほとんど無視同然の扱いをしていた。

物語の最後でも、断罪され喚き散らす菊華の隣で全ての責任を菊華になすりつけ、自分だけは助かろうと命乞いするセコい脇役として描かれていた。

そんな俺の目の前で、今。

目の前に四歳の菊華。

右に五歳の白百合。

俺と白百合の実母が先月亡くなったのをよいことに、父が余所（よそ）で作った愛人と子供を家族として引き入れるという、実に子供の教育に良くない絵面が今、目の前で描かれていた――。

「どうした？　蓮。挨拶しなさい」

前世の記憶が戻った衝撃で呆然としていた俺を訝（いぶか）しんだ父が、いつまでたっても挨拶を返さない俺を促して来る。

「……初めまして、菊華ちゃん。僕の名前は蓮って言うんだ。よろしくね」

俺が菊華に向かってにこりと挨拶をすると、なぜだかほんのりと頬を染めた菊華が、もじもじと「れんおにいたま……」と小さく返事する。

その姿は、とても将来姉をいじめ抜く悪役令嬢になるとは思えない、可愛らしい仕草だった。

そうして俺は次に、隣りで様子を窺っている白百合に「ほら、次は白百合の番だよ」と背中を押してやる。

「……はじめまして、しらゆり、です。よろしくお願いします……」

おずおずと挨拶する白百合に、菊華は母親を一瞥し、それからなんともいえない顔をして「よろちく、おねがちましゅ……」と挨拶をした。

――これが、俺と菊華の出会い。

菊華は最終的に、追放後も白百合への恨みを募らせ続け、ズタボロになりながらも復讐を諦めず、終いには一人寂しく野垂れ死ぬという悲惨な結末を迎えることとなる。

そして西園寺蓮は、復讐に燃えた菊華に異能の力を奪われ、殺されてしまう。

――そう。

このまま行くと、バッドエンドまっしぐら間違いなし。

止めなければ――、と固く心に一人誓う。

そのためには、菊華が白百合をいじめず、悪役令嬢にならないルートを導き出すしかない。

――更生――、いや。まだ道を間違えてはいないから、教育だ。

菊華を、清く正しく優しい令嬢にするために、教育を施す！

そうするしか、家も没落せず、俺の死亡エンドを回避する道はない！

白百合が東條家当主に見初められるまであと十二年。

つまり、タイムリミットも十二年だ。

それまでに、菊華を教育しなければならない。

――俺たちの破滅を回避するために。

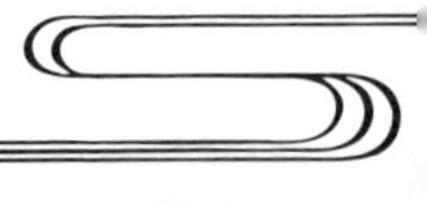

悪役華族令嬢の兄に転生した俺、破滅回避のために妹教育を頑張ったら、最高に可愛いブラコン令嬢が爆誕しました

遠都衣
Illustration: 淵

プロローグ　悪役華族令嬢の兄に転生しました　5
第一章　悪役令嬢の兄、妹の教育係になる　13
第二章　悪役令嬢、幼稚舎に通う　41
第三章　原作のヒーローに絡まれました　60
第四章　はじめての夏休み　103
第五章　勉強の秋、遠足の秋、そして運動の秋　126
閑話　とある女生徒のつぶやき　144
第六章　継母、ヒロインの進学を阻止しようとする　148
第七章　母の記憶　173
第八章　ヒロイン、初等部に入学する　194
閑話　西園寺白百合はかく語れり　214
第九章　継母の断罪、そして退場　219
エピローグ　悪役令嬢の母のいない日常　254
閑話　西園寺早苗は想起する　259
番外編　しらゆりの花嫁　262
あとがき　272

第一章　悪役令嬢の兄、妹の教育係になる

あの、菊華と継母(ままはは)に引き合わされた日から早速。

二人は西園寺家に住むことになった。

それから俺はなるべく家にいる間、菊華と白百合の二人を注意深く見ることを心がけるようにしていた。

少しでも不穏な空気を察したら止められるように。

破滅への道に踏み出すことがないように。


——そうしてある日、俺はとうとうその現場に出くわすこととなる。

それは俺がちょうど、勉強の息抜きに庭を何気なく散歩していた時のことだった。

「こえちょーだい！」

「あっ……！」

菊華が、白百合の持っていた人形を奪い取り、そのまま白百合を突き飛ばす。

まさに、ザ・『しらゆりの花嫁』と言わんばかりのこの絵面。

ああああ、やっぱりそうなりますよねえええええ！

このまま何も、何事も起こらず、姉妹二人仲良くなってくれたらいいなーと思っていたけど、そうは都合よくいかないよね！

俺は、恐れていた現実を目の当たりにしてしまった衝撃から気持ちを立て直し、急ぎその場に割って入った。

「二人とも、そこで何をしてるの？」

責める口調にならないよう、ことさらに何気なさを装いながら二人の間に立ち入る。

「あっ……」

「お兄様……」

俺が現れたのを見た二人が、咄嗟に各々の反応を示す。

そして俺は、白百合から奪い取った人形をぱっと背中に隠した菊華を見て「菊華、何を隠したの？」となるべくキョトンとした感じが出るよう意識して問いただす。

「……」

「それ、白百合の人形だよね？」

俺も白百合も、菊華が答えを言い出すのをじっと待つ。

「……貸して欲しければ、白百合はお願いすればちゃんと貸してくれるよ？」

「……」

俺の言葉に、菊華がぼそぼそと小さな声で答える。

「ん？」

俺は、なるべく菊華を怖がらせないよう、膝をついて目線を菊華に合わせると「怒らないから言ってごらん？」と、にっこりと微笑みながら優しく促す。

「……おかあたまが……。おねえたまのものはいずれぜんぶきっかのものになうんだから、ぜんぶうばいといなしゃいって」

…………………はい！

なんとなくうっすら感じていた事実ではあったけれど。

全ての元凶は継母だったということが明らかになりました——！

「……それは、菊華のお母様がそう言ったの？」

「うん」

念の為、再度確認で問いかけるが、返って来る答えはやっぱり同じもので。

うわあああああ！　あの継母、まっくろじゃんか！

まあでも、考えてみるとそうだよな、とは思う。

四歳の女の子の行動原理なんて、母親の影響を多分に受けてる可能性が一番高いわけで……。

とりあえず、なんとかして今後、菊華と母親の距離を離す方法を考えなければと思いつつ。

現状の問題としては、まずは菊華の間違いを正すということだと思い、言葉を続ける。

「そっか。でも僕は、菊華にはそんな人の物を奪い取っちゃうような悪い子じゃなく、人に優しくできるいい子になってほしいな」

「……」

「ねえ、菊華。白百合にごめんなさいして、その人形で遊びたいなら、ちゃんとお人形を貸してくださいってお願いをしようね」

菊華が白百合から奪った人形は、俺たちの母が生前白百合に送った、白百合にとっては母の記憶が色濃く残るものだ。

原作のストーリーでは、菊華がその人形を奪ってズタズタに引き裂いてしまうのだが、その後それを泣きながら拾い集めた白百合がたどたどしい手つきで繕(つくろ)うというシーンがあった。

菊華は、俺の言葉にしばし人形と俺と白百合を見比べていたが、やがてしゅんとした様子で「おにんぎょ、とっちゃってごめんなしゃい……」と小さな声で謝った。

そうして俺は、白百合に人形を返した菊華に「ちゃんと謝れてえらいね、菊華はいい子だね」と頭を撫でてあげると、菊華も「……うん……」とほっとしたようにはにかんだ。


はあ……。

とりあえず、全ての元凶が継母だったという目星がついたところで、まず俺がやるべきことが決まった。

一応、裏を取るために西園寺家の使用人に継母についての聞き込みをした後、行動を開始する。

そして夕食後、俺は父と話をするため、書斎で一人書き物をしていた父のもとへと訪れた。

「父様。相談があります」

「……なんだ?」

「菊華についてなのですが。今後、菊華の教育については僕に一任していただけないでしょうか」

「……ほう」

俺の言葉に、父が開いていた書物をパタリと閉じて、俺に向かって真剣に話を聞く体勢を取ってくれる。

「菊華は、西園寺家に来てまだ日も浅く、この家のしきたりもよくわかっていません。お義母様と過ごす時間が多いようですが、それよりも僕が直々に菊華に教えを授けたほうが、この家の在り方を学ぶのが早いと思うのです」

そう言うと、父は「ふむ……」と言った後、少し考える様子を見せて、それから再び口を開く。

「……なるほど。しかし、菊華はまだ四歳だし、それほど急ぎ教育を施さずとも良いのではないかと思っていたが……」

「いえ。四歳といえど西園寺家の一員です。下の者を教え導くのは兄の務め。いずれは誰かが教えなければいけないのなら、それは僕がやるべきことだと思ったのです」

きりっ！　と。

音が出ても良いくらいの力強さで父に宣言する。

本当は父に、俺が使用人から聞いた継母の実態を話してもよかった。

義母は、買い物やお稽古事に菊華を連れまわすだけで、ロクに面倒など見ていないということ。

贅沢を好み、娘の前でもそれが当然のことだと公言していること。

でも、父が継母のことを愛しているかもしれない以上、そういったことを伝えることで、俺と父の間によくない亀裂が生じてしまうかもしれない。

それよりは、俺が自立した気持ちで妹を思っているということを熱く伝えた方が、父の気持ちも動くし、穏便にことが進むのではないかと思ったのだ。

そして、交渉材料としてもうひとつ。

ダメ押しと言わんばかりに、俺は父にある事実を口にする。

「それに――、どうやら僕は先日、異能を発現させたみたいなのです」

「なに……？」

「おいで、白(びゃく)」

俺がそう言うと、突然それまで何もなかったはずの空間に、美しい白銀の毛並みを持つ大きな虎のような獣が現れる。

「まさか……。白虎(びゃっこ)か……！」

そう、父の言う通り。

俺の呼び声に応えて現れた獣こそ。

この西園寺家の守護獣ともいえる『白虎』だった。

さて、話は少し横道に逸れるが。
白虎の説明をするにあたり、この国を支える四大華族について説明をしておこう。
この国の貴族の頂点である、四大華族と呼ばれる各家には、都の四方を守護するという役割があった。


――東を東條家。

――南を南宮家。

――北を北大路家。

そして西を守護するのが、我が西園寺家、というわけだ。


まあ守護する、とは言っても。

近代化が進み、魑魅魍魎や妖といった類の出現があまり無くなった昨今。

都の四方に置かれ、都を守るとされている守護石の守護管理が主たる務めではあるが、何から守っているのやらという話ではある。

もしかしたら守護石による守護結界のおかげで、魑魅魍魎・妖が減っているのかもしれないけど……。

それでも、四大華族の持つ異能の力は他の普通の貴族家と比べても強大なものであり、特別なものとされていた。

そしてその中でも――、四神と呼ばれる、守護獣の召喚を果たしたものは、また別格とみなされていたのだ。

四大華族の誰もが、召喚を果たせるわけではない。

また、四神召喚に関して特別なルールや条件があるわけでもない。

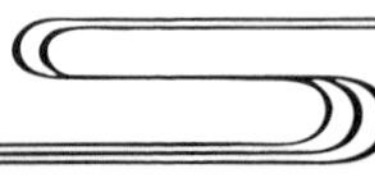

ただ、守護獣のお眼鏡にかなった者のみに現れる。

それ故に、一族の中でも守護獣を召喚できたものは特別視される。

そうして、それをたった齢（よわい）九つで果たしたものなど、いわずもがな——である。

本来は、四神召喚の儀的なものがあるらしいのだが、俺の場合はある日突然、朝起きたら目の前に白虎がいたのだ。


『我は白虎。西を守護する四神として、お主をあるじとして共に付き従わん——』たらなんたら。


——ねえ。

よく考えてみて？

朝起きて起き抜けに白銀の大虎が枕元にいたらびっくりするからね？

本当に！

今思い出しても、あの時は心臓が飛び出るかと思うほど驚いたな……。

まあ、そんなわけで、無意識に無自覚にいつの間にやら。

白虎召喚を果たしていたらしい俺なのだったが——。

「——白虎の召喚者として、この家を善きほうへと導くのが僕の使命だと気付いたのです。ですか

ら父様。どうか僕に、妹たちを教え導くことをお許しください」

背後に白虎を侍らせ、ぴしりと姿勢を正して父に頭を下げる姿は、おそらく後継者としてふさわしいものに見えたであろう——というか、そうであってほしい。

そのために白虎にも事前に根回しして演出を頼んだのだから。

父を説得するために、いかにも重々しく俺の背後に立っててくれない？　って。

「……あいわかった。白虎を喚び出せるほどの能力を持つお前が、家のことを思ってそこまで頭を下げるのであれば、父として受け入れぬわけにはいくまい。……妹らの教育については、今後お前に一任することとしよう」

「本当ですか！」

「ああ。もし困ったことや悩むことがあれば、いつでも相談しに来ると良い」

「はい！　ありがとうございます！」

俺の頼みを聞き入れてくれた父に深々と礼をし、白虎と共に書斎を後にした。

はあ、よかった——。

ひとまずは、最初の問題をクリアできた。

これで継母が菊華に余計なことを吹き込んでも、それが正しいことではないと是正できる。

「ありがとう白。僕の頼みを聞いてくれて」

そう言って俺が白に礼を告げると、

『そんなことは、お安い御用だ』

ぽんっ！　と。

る。

それまで大虎の大きさだった白虎が、突然子猫ほどの大きさに体を変化させ、俺の肩に乗ってく

『我の助力は、役に立ったかにゃ？』

「うん。もの凄く助けになったよ」

ちなみに、この白虎との会話は、どうやら俺以外の人間には聞こえないらしい。

大虎のサイズの時は威厳のある喋り方をするのだが――、サイズ補正なのだろうか、子猫サイズになると途端に何かのマスコットキャラかな？　というくらい安易な猫キャラに成り果てる。

まあ、かわいいっちゃかわいいからいいんだけど……。

――俺の知る限り、原作の西園寺蓮には『白虎を召喚した』という設定はなかった。

そもそも原作の西園寺蓮は、異能に関しても特筆されないほどのモブ具合だったからな……。

これが転生チートってやつなのかな？

まあ俺の場合、こういったいわゆる転生モノでよくある、死んだ後に天界的なところで女神的な存在がチート説明をしてくれるようなシチュエーションもなかったため、ただの憶測でしかないのだけれど。


――そんな話はさておき。

とりあえずこれで、菊華の妹教育を大っぴらにできるようになったわけで！

チートも有難いけど、俺の目的は破滅回避だから！

悪役令嬢になる妹の暴走を止めろ！　だから！

最初は、菊華の教育係の話を父に切り出しながらも、その後さりげなーく最終的に妹二人の教育係を任命されるよう話を持っていったら、うまい具合に事が進んだ。

これで、妹たちを俺の庇護下に置けるってわけだね！

正直、これまでの西園寺蓮の日頃の行いの悪さもあったし、父から認められるかちょっと心配だな——と思う部分もあったのだけど、改心してやり直そうと真摯な態度を見せればきっとなんとかなるはず！　と思い切って踏み出してみてよかった。

あと白虎を召喚できていたのも後押しになってよかった。

そんな、いろんな条件が揃ったことも功を奏して。

こうして俺は、破滅回避のための第一歩、妹教育のための足がかりを摑んだのであった。

——翌日。

幼稚舎から帰ってきた菊華を俺の部屋に呼び出し、二人正座で向かい合う。

「菊華。これからは僕が、君の教育を見ることになった」

「あい……！」

小さな体で、一所懸命に座布団の上で居住まいを正しながら、菊華が元気よく俺に返事する。

「とは言っても、勉強を教えるだけじゃない。僕はね、西園寺家の一員としての心構えを、菊華に

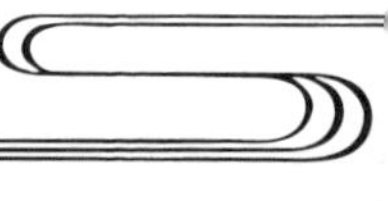

学んでもらいたいんだ」

俺の言葉に、菊華は神妙な面持ちでふんふんと首を縦に振る。

「わからないことや、疑問に思ったことはすぐに聞いてくれていい。必要だったら勉強も僕が見る」

菊華に「返事は？」と聞くと、緊張した様子で「あい！」と返事する。

この頃の菊華はまだ、西園寺家にも慣れていないし、この家でうまくやっていこうとしている時期だ。

根幹からの思考形成をするなら今……！

今しかない……！

そう思って改めて菊華と向かい合ってみているのだけれど。

当たり前だけどまだ悪役令嬢の『あ』の字もない、あどけない普通の四歳の女の子なわけで。

一般的に、異能の力は十歳までには顕現すると言われている。

菊華は確か、八歳で能力を開花させたのだったと思う。

そこからだ。原作での菊華の、白百合への態度がエスカレートしていったのは。

平均よりも早く異能の力に目覚めた自分に対して、いつまでも顕現する気配のない姉を、年を重ねるごとに虐げるようになる。

差し当たっての目標は、それまでに姉妹仲を良好な状態へと持っていくこと！

理想としては、白百合に異能が顕現しなくても、菊華が白百合をちゃんと思いやり、姉を労われる優しい子になってくれること！

ラブ、アンド、ピース！

ラブ、アンド、シスター！

美しい姉妹愛は我が家を、ひいては俺の未来を救うのである！

そんなことを思っていたら、トントンと、誰かが俺の部屋をノックする音がした。

――来たか。

「はい」

「……お兄様、白百合です」

「ありがとう白百合。入っていいよ」

俺が入室を促すと、お茶とおやつを乗せたお盆を持った白百合が、しずしずと室内に入ってくる。

白百合の乱入に、菊華は微かに警戒したような様子を見せた。

まあね……、そうだよね。

まだ今の菊華は、継母に『義姉（あね）を排除しろ』って刷り込みされてる時だもんね……。

だがしかし。俺の手前もあるのだろう。

菊華は白百合が室内に入ってきても、特段何も言葉を発することなく、黙ってことの成り行きを見ているようだった。

「お菓子とお茶は座卓（テーブル）に置いて。それから、白百合もここに座って」

「……」

そう言われた白百合は、俺が〝ここ〟と指し示したちょうどこちらの向かい側――、つまり、菊華の隣に並ぶようにして座った。

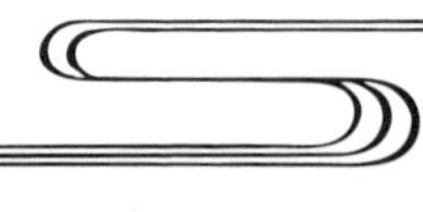

「さて――。今日、僕が二人に教えることはね、三人で仲良くおやつを食べることだよ」

「え……」

俺の言葉に、菊華が小さく声を漏らす。

おやつをたべることのなにが、おしえになるの――？

という疑問が頭に渦巻いているのだろう。多分。

「これはね、僕のとっておきのおやつだ」

言いながら、二人の前に、白百合に持って来てもらったおやつをずい、と差し出す。

「僕が作った」

――お手製の、カスタードプリン。

厨房に行って、西園寺家お抱えの料理長に頼んで台所を貸してもらい、昨日の夜のうちに仕込んでおいた。

前世でも、妹が俺の作るお菓子が好きで、よく作ってくれとせがまれたものだ。

その中でもこのカスタードプリンは、特に妹のお気に入りで、よく作らされたものだった。

「別に、ただおやつを食べるだけだったら、僕が作る必要もないし、うちの料理人が作ったものをそれぞれが食べればいいだけなんだけど」

「……」

「でも僕はそうしなかった。なんでだと思う？」

俺の質問に、菊華と白百合は互いにちら、と顔を見合わせ、やがておずおずと菊華が口を開く。

「……いっちょにたべたほうが、おいちいから？」

「そうだね、それもある」

でもね――と。

俺は様子を窺っている菊華と、よくわからないという顔をしている白百合に向かって、にこにこと言葉を続けた。

「でも、それだけじゃない。僕は二人に、僕がおいしいって思うものを食べさせてあげたかったし、そのために、二人に作ってあげたいなって思って作った。それは、僕が白百合と菊華のことが好きだからだよ」

お菓子を前に滔々と語る俺の言葉を、二人は神妙な面持ちで頷きながら聞いてくれる。

「そうして、いつか二人にも好きな食べ物とか、おいしいって思うものが見つかった時、僕に教えてくれたら嬉しいな。そうしたら、一人で探すよりたくさんのものを見つけることができるだろう？　僕はそうやって、おやつのことだけじゃなく、兄妹三人でいろんなことを教え合い分かち合って、この西園寺家を支えていけたらいいなって思ってるんだ」

持っているものを奪い合う兄弟ではなく、各々が得たものを分けあい、分かち合うことで発展させていきたい――。

なぜならば、俺たちが本当に戦わなければいけないのは、家の内ではなく外にあるのだ。

とは言えこれは、西園寺家の考え方、というより俺の願望なんだけど。

まあ、西園寺家の教えとかその辺についてはおいおいでいいだろう。

それよりも先に、この妹たちの関係性を良好にしないと西園寺家自体がなくなっちゃうからね！

「今すぐに全部わかってとは言わない。でもそれが、僕が二人にのぞむことだよ」

――と。

わかった？　と俺が尋ねたことに対して「あい……」「はい、お兄様」と、各々が俺に向かって答えを返してくる。

「よし。それじゃあ今日は、とりあえず三人でおやつを食べよう」

いつまでも話ばかりしていても、お茶が冷めてしまうし。

適当なところで話を切り上げて、俺は白百合が持って来てくれたお茶とおやつを二人に配った。

たどたどしい手つきでスプーンを握る菊華を見ながら、俺が「菊華、美味しい？」と聞くと、

「はい、すごくおいちい、です！」とにっこりと笑った。

うんうん。

やはり。悪役令嬢は一日にして成らずなのだ。

日々蓄積されたものがあったがゆえの悪役令嬢、そしてドアマットヒロインなのだ。

子供の頃はこんなに純真で可愛いのに、原作者の無慈悲な境遇設定により、歪められた人生を歩み歪んだ未来へと進んでいってしまうのだ……。（涙）

そんなことを思いながら、三人で仲良くおやつを平らげて。

――そうして、今日の一番の変化は。

その後、白百合が菊華に歩み寄ったことだった。

隣でおやつをぱくぱくと食べる菊華を見ていた白百合が、どこか意を決した様子で「……菊華ちゃん、おてて、つないでいい？」と切り出したのだ。

「……なんで？」と切り返した菊華に、白百合は「……妹ができて嬉しいし、菊華ちゃんとなかよ

くなりたいから……」と。

……は？

……なん？　これ？　可愛すぎんか？

幼女二人が歩み寄ろうとしているのを目の当たりにした俺は、そのやりとりの可愛さに内心で悶絶した。

やがて「……あい」と、自分と手を繋ぐことを白百合に許可した菊華と。

それに対して嬉しそうに手を繋いだ後、ちょっと調子に乗って「えへ……、菊華ちゃん、かわいい」と菊華をなでなでしはじめた白百合と。

それをまんざらでもなさそうな、でも素直に嬉しいと表情に出せない菊華のやりとりが。

俺的には「はい！　可愛い！　尊み深い！」だったことは言うまでもない。

そう、やっぱりそうなんだよ。

可愛い姉妹はやっぱり、いがみあうより仲良くしているほうが何百倍も正義なのだ。

こうしてこのまま、穏やかで幸せな日常を送っていけたら――、と切に願う俺だったのだが。

そんな、俺の切なる願いが早々に打ち砕かれたのは。

それからたったの数日後のことだった。

◆

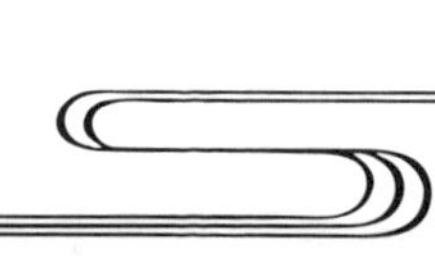

――それは、ある休日のこと。


廊下を歩いていた俺は、パシン！　という、何かを叩くような音を聞きつけ、何事だと思って音のする方に向かって歩いていった。

するとそこには、頬を押さえた白百合と、それに向かい合うように並び立つ菊華と継母の姿があった。

「何事ですか？」

その場にすかさず立ち入り、俺がそこにいる三人に向かって鋭く尋ねると、継母が「蓮様……！」と俺の登場に狼狽える様子を見せた。

継母は普段、俺のことを『蓮様』と呼ぶ。

俺はこの家の長男だし、西園寺家の後継者で。

しかも白虎を召喚した天才少年だ。

この先、父に何かあった時、この家の全権はほぼ間違いなく俺に渡る。

おそらくそういうことも理由のひとつなのだろうが、継母の俺に対する態度はいつも、どこか媚びているような印象が見え隠れしているなあとひっそりと思っていた。

「白百合。何があったの？」

「……」

俺の『何事ですか？』という問いに沈黙したままの継母と菊華を一旦置いておいて、赤くした頬を押さえる白百合に尋ねてみるが。

尋ねられた白百合の方はというと、俺と継母、それから菊華を順番に見て、そのまま気まずそうに俯き口を噤んでしまう。

白百合は――、菊華のために、目の前の継母を悪人にしないことを選んだのだ。

そうして、白百合が俺に答えないことを見て、継母は彼女をにぶい娘だと思ったのだろう。

自分に分があると言わんばかりに、しれっとした様子で俺に言葉を返してきた。

「白百合が菊華と遊んでおりましたのでわたくしが窘めたところ、白百合が口答えをしたので教育を致しました」

確かに、見ると足元には人形遊びをしていた形跡があった。

「……窘めるって、どういうことですか？」

「西園寺家の者として、遊んでいる暇があったら勉強なさいと言ったのです。ですが白百合が、遊びも勉強になるから、と口答えしたので……」

「白百合に遊びも勉強になると教えたのは僕です。それなのに、僕の教えを守っている白百合を早苗さんが叱責するのは、筋が通っていないのではないですか？」

「……！」

早苗さん、というのは継母の名だ。

子供は、遊ぶことで感受性や想像力が磨かれると俺は思っている。

勉強も大事だが、勉強だけでは得られないものが遊びの中に確かにある。

それに、菊華と白百合が遊びを通じて仲良くなってくれれば、それに越したことはないと思っていた。

だから俺は、二人には「自由時間には二人で遊んでごらん。二人で楽しめるようにね」と日頃から教えていたのだ。

「二人の教育係は僕です。少なくとも、早苗さんが直に叱責する前に、僕に相談してもらいたかったですね。それに――」

――僕らは西園寺家直系の人間ですが、あなたは違いますよね――？

少々言い過ぎかとは思ったが、そのために俺は、父に【妹たちの教育係】という立場を認めさせたわけだし、俺の意向を無視して早苗さんが制裁を加えるのは越権行為だ。

加えて、早苗さんに念押しで伝えた通り、俺たちは西園寺家直系の血筋だが早苗さんはそうじゃない。

早苗さんにとっての実の娘である菊華を叱責するだけならまだしも、実子には手を出さず継子(ままこ)である白百合の方にだけ制裁を加えるという横暴。

教育と言うならば、白百合だけでなく菊華にも等しく注意すべきだ。

徒(いたずら)に部外者のあなたが僕の実妹である白百合に手を出すのなら、僕も黙っていませんよ――、と。

無言の圧力をかける。

そうして。

数秒の緊迫した時間の後に。

悔しそうに顔を歪めた継母が「……出過ぎた真似をして、申し訳ありませんでしたわ」と言って去っていった。

去り際に「チッ……！」と小さく、聞こえるか聞こえないかの舌打ちをしながら。

いやー！　バッチリ聞こえたけどね！

わあ！　こわーい！　ザ・継母って感じだね！


とまあ、そんなやりとりがあった後。

その後、早苗さんが白百合と菊華のことについて口を挟んでくることは無くなったのだが。

白百合にも「もし早苗さんから何か嫌なことをされたりしたら、黙っていないでまず僕に教えてね」と保険をかけておき、今のところは特に白百合からは何も報告は受けていないので、とりあえずのところは大人しくしているのだろうと思っていた。


しかしなあ……。

——最近、ちょっと心配なのは。

早苗さんの、菊華に対する〝負の刷り込み〟である。

現状、日中目の届く時間は菊華を近くに置いて様子を見ることができるし、「おや？」と思ったことは本人に問いただして是正もできるが、夜になるとそうもいかない。

菊華と共に母屋に寝室を与えられている継母が、夜二人きりになった時に菊華にどんな世迷言(よまいごと)を言い含めているかもわからないし……。

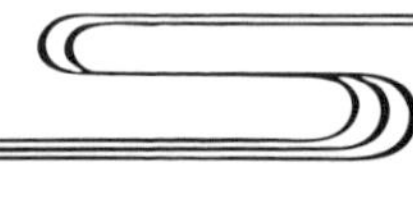

……うーん……。

と、いろいろ考え抜いた結果。

そう言ってある夜、念の為と思い、白虎に姿を消させて二人の様子を見に行かせたのだが。

「白。悪いんだけど」

『いやあー、アレはダメにゃあね……』

一体、なんの呪いをかけてるのかと思ったにゃあ、と。

白虎がドン引きしながら帰ってきたので、あ、これはほんとにダメなやつだと思った。

聞くと、やっぱり俺が心配していた通り、どうやら継母は夜毎菊華に向かって『白百合を蹴落とし、俺を誑(たぶら)かしてこい』と延々と圧をかけているらしい。

その話を聞いた俺は、手間賃として白虎に昼間作っておいた手作りのささみジャーキーを与えながら『早いうちになんとか手を打たなければ』と思ったのだった。

翌日、朝食の席でみんながいるタイミングを見計らって、俺から父にそう切り出した。
「――子供部屋を離れに？」
「はい」
「僕も白百合も個室を与えられていますし、どうせなのでこの機に離れの空き部屋を子供部屋として、三人で移れたらと」

西園寺家の母屋は現在、西洋建築で作られた立派な洋館となっているが、その敷地内の片隅には、和式建築で作られた小さな離れが存在した。

主に客間として使われていたその部屋を、子供部屋として使わせてもらえないかと父に頼み出たのだ。

「まあ……。蓮様の意識の高さには感服いたしますけれど、菊華はまだ四歳ですのに……」

そう言って継母が、いかにも幼い娘と離されるのは寂しくてしょうがない、という表情を作って見せるが『いやそもそもコレ、継母対策のための案ですからね！』と心の中でツッコミを入れる。

「菊華がどうしても寂しいと言うなら、夜中でも僕が早苗さんのところまで送って差し上げますよ。でもまずは、自立するということを徐々に覚えていくことが大切だと思いますので」

そう言って、俺は継母に向かってにっこりと笑いかけた後、「菊華も、もし辛いと思ったら無理はしなくていいからね」と菊華に向かっても安心させるように微笑みかける。

「ふぁい……」

と答えた姿が、どこかほっとしたように見えたのは、俺の邪推なのだろうか。

視界の端で、継母が面白くなさそうに顔を顰（しか）めるのが見えたが、それに気付かないふりをして父に意見を求めた。

「どうでしょうか、父様」

「うむ。蓮がそこまで言うのなら」

子供たちの自主性に、任せてみようか——と。

無事、父からの了承も得られた。

あーよかった！

勝利！　勝利！　大勝利!!

父の隣で早苗さんが悔しそうな顔をしていたが、公の場だったのですぐに取り繕い「……さすがは蓮様ですわね」と賛同するような言葉をかけてみせた。

はー、とりあえずこれで、菊華に余計な入れ知恵をされる心配は少し減ったかな……。

と、そう思ったのだが――。

想定外の出来事が起こったのは、その夜のことだった。


「れんおにいたま……」

きっか、ひとりでねうのがこあくて、いっちょにねてもいい――？　と。

枕を抱えた菊華が、俺の部屋に静かに訪れたのだった。

…………。

まあそうだよね……。

まだ四歳だもんなあ……！

昨日まで母親が隣で寝てくれていたのに、今日から急に一人で寝ろって言われてもだよね！

しかも、離れの和室って人気がないから慣れないと大人でもちょっと怖いし……。

「いいよ。おいで」

そう言って、布団を少し持ち上げてやると、菊華がホッとした表情を見せて、とてとてと布団の隣に潜り込んできた。

そうして、よいしょよいしょと自分の寝心地の良いポジションをさがして身じろぎしたかと思うと、やがておさまりのいい体勢を見つけたのか、俺の寝巻きの裾を握ってふわりと笑った。

「おやしゅみなしゃい、れんおにいたま……」

「うん。おやすみ菊華」

俺がそう言って返してやると、菊華が目を閉じ、直にすやすやと寝息を立て始める。

…………。

いや、可愛いよ……。

妹って可愛いなって、ここ数日でつくづく思っていたけど。

まだまだ俺の知らない可愛いところがいっぱいあるんだなって知らされるよね……！

前世でも妹がいたけれども、どちらかというと現代っ子のママっ子って感じだったので、こうやって兄様兄様言われて懐かれるのは新鮮すぎて。

なんか俺、お兄ちゃんとしても保護者としても、しっかりしなくちゃいけないんだなあ。

と、改めてこれからの自分の有り様を見つめ直したのであった。

そして、俺がそんな風に自分で自分を戒めていたところに――。

「お兄様……」

怖い夢を見たから、一緒に寝てもいいですか――？　と。

先ほどの菊華と同じように、枕を抱えて白百合もやってきました――。

……ん？

……あれ？

左側に菊華。右側に白百合と。

すやすやと眠る二人に挟まれて天井を眺めながら。

……もしかしてこれ、やっぱちょっと早過ぎたかな――？

と、一人反省をしたのだった。

まあね、和室の暗い部屋って、大人でも怖い時あるしね……。

そんな反省もそこそこに、俺もすぐにすやすやと眠りについてしまったのだが。

翌朝、二人には「初等部に上がるまでには一人で寝られるように頑張ろうね」と言い含め、しばらくは慣らし期間をおくことにしました。

当面の間は兄妹三人仲良く川の字です。

第二章　悪役令嬢、幼稚舎に通う

とまあ、そんな日常を送りながらだ。

春休み中に我が家にやってきた菊華は、春から白百合と同じ幼稚舎へ通うこととなった。

この幼稚舎は、俺が通っている華族の子供のための教育機関【華桜学苑】の付属幼稚舎で、本来は編入を認めない、いわゆるお貴族様専用の幼稚舎なのだが、どうやらそこは西園寺家の力を使ってねじ込んだらしい。

そうして、菊華の幼稚舎入舎初日の朝。

「にーたま！」

俺が学苑に行く支度をして、朝食を取るために階下にある食堂におりていくと、新しく仕立ててもらった幼稚舎の制服に身を包んだ菊華が、表情をきらきらと輝かせながら俺に見て見てと走り寄ってきた。

「菊華、制服を着せてもらったの？」

「ふぁい！」

よく似合ってるね、可愛い、と。

俺が思ったまま正直に口にすると、菊華が「ふぁっ……」と言いながら盛大にもじもじとしだす。

……………。

なにこれ。本当に可愛いんだけど。

天使かな？

褒めてほしくて見て見てアピールしてきたくせに、いざ褒められるとどうしていいかわからなくて恥ずかしがるのとか。どこから落ちてきた天使さんかなあ……!?

そして、その様子があまりにも可愛すぎて半ば無意識に菊華の頭をくりくりと撫でていたら、何かに耐えかねた様子の菊華が俺にぴとっ、とくっついてきて顔を伏せてしまったので。

「なに？」と聞いたら「……だって、はじゅかちいんだもん……」ともぞもぞとつぶやいた。

えー！　かわー！

なん？　これ？

もう幼稚舎出さないで家で飾っておいていいんじゃないかな？

すいませーん！　うちの妹、天使だったので外に出さずにしまっておきまーす！

──とかなんとか思っていたら。

「菊華ちゃん、準備できましたか？」

白百合が菊華と同じ幼稚舎の制服を身にまとって、にこにこと微笑みながら現れた。

「わぁ……！　菊華ちゃん、幼稚舎の制服よく似合っていますね！　可愛いです！」

そうして、菊華の制服姿を見た白百合がたたたっと駆け寄ってきたかと思うと、「もっとよく見せてください！」と言いながら満面の笑顔で菊華を誉めそやす。

「ふぁ……」

一方、白百合に誉めそやされた菊華は、またもどうしていいかわからずに恥ずかしげにぷるぷると震え、最終的に再び俺にしがみついてきた。

どうやら、菊華はまだ、白百合に対してどう接したらいいか決めかねている節があるみたいで。菊華と仲良くしたいと近づこうとする白百合と、それに対して嬉しいと思いつつも戸惑いを隠せない菊華。

菊華の中で、母親から『お兄様とは仲良くしてもいいが、白百合は邪魔者だから仲良くしてはいけない』と言われたことと、俺から『兄妹三人助け合って仲良くしていこう』と言われたことがせめぎ合っているのだろう。

俺の教えを忠実に守ろうとする二人が、折に触れて一緒に遊ぼうとしているところは見るのだが、二人の間にはまだ埋まりきらない溝のようなものが存在するのだった。

「白百合。菊華が幼稚舎で困っていそうだったら、助けてあげてね」

俺にしがみついたままの菊華を宥めながら白百合にそう言うと、頼まれた方の白百合が「もちろんです。お兄様」と、頼もしげに返してくれる。

——この子はこの子で、本っ当にいい子なんだよな……。

さすが正ヒロインというべきか。

曇りなき純真な笑顔で俺に答えてくる白百合を見ながら、その清らかさに見ているこっちのほうが心洗われる気持ちになる。

そんな白百合も、今でこそこうして俺に対してちゃんと向き合って会話をしてくれるようになったが、最初の頃は傍(はた)から見てもわかるほどに警戒心を滲ませていた。

まあそれはそうだろう。

俺の記憶の中にある、それまでの西園寺蓮の白百合に対する扱いから考えると、油断させておいて後からどんでん返しを喰らわされると思って警戒するのが普通の反応だ。

そんな白百合に対して、継母のいる場では常に白百合を庇う姿勢を見せ、菊華と三人でいる時にはちゃんと姉である白百合を立てる態度を取り、ことあるごとに安心させるように笑顔を心がけているうちに、段々と心を許してくれるようになった。

これまでは、いつもどこか怯えるような様子を見せていた白百合が、まばゆいばかりの笑顔を見せるようになったことも、俺にとって嬉しい出来事のひとつなのであった。

「ありがとう、白百合」

そう言って、白百合に近くに来るようにとおいでおいでと手招きし、お礼がわりに頭をなでなでと撫でてやると、どこかはにかみながらも嬉しそうに微笑む白百合を見て。

この、心底かわいい妹たちを、なんとしても守り通そうと誓う俺なのであった。


——しかし、そうと誓ったその日のうちに。

早速、次の問題は起こったのである。


「……何があったの？」

ずうん、と。

幼稚舎から帰ってきた菊華の落ち込む様子を見た俺が、同じく幼稚舎から帰ってきて心配そうに部屋の外から菊華の様子を見守っていた白百合に尋ねると。

「あの、菊華ちゃんが……。途中から入ったことで同じ組の子たちとうまく馴染めなかったみたいで……」

どうやら、すでに仲良しグループが出来上がっているクラスの中に途中入舎したために、初日で出鼻をくじかれてしまったらしい。

しかも、白百合と菊華に同伴してついて行った御付きの女性にさらに詳しい話を聞くと、『後妻の娘』という情報もどこからか伝わっていたそうで、ただでさえ珍しい編入で様子見がちだった同組の子供たちを、さらに及び腰にさせてしまったのだそうだ。

……あちゃあ……。

というか、『後妻の娘』なんて情報、どの親が年端もいかない子供に吹き込んだんだよ！

親から聞かされた子供の方だってその言葉の正しい意味なんてわかっていないだろうに、『なんだかわからないけど良くないことなのだろうな』というイメージだけでハブってんだろうなあ……。

子供社会のグループ形成って、その時はそれが生活におけるほとんどを占めるために、うまくいかないと途端に自分がダメな人間みたいに陥る時あるよね……。

それまでは思うまま自由にのびのびと生きてきたのに、自尊心を叩き割られて落ち込んじゃう。

特に菊華は、これまで幼稚舎等の子供の集まる場所に通うことなく来たらしいから、余計すでに形成された子供たちの集団に溶け込むのが難しかったんだろうなあ……。

そう思いながら俺は、いまにも泣きそうな顔で背中を丸め俯いていた菊華のすぐそばまで行くと、

「菊華、おいで」

と言って、菊華の背中を撫でてやった。

するると、目に涙を溜めた菊華が、「うっ……」と我慢していた感情を決壊させたような声を出しながら、がばっと俺に向かって勢いよく抱きついてきた。

「……うぐっ……」

菊華のタックルが脇腹に地味に入った——。

「にいたまぁ………」

ううう……、としゃくり上げながら、「もうよーちちゃいくのやああ……！」とか、「にーたまといっちょがいいぃ……！」と俺のお腹の辺りで嗚咽をこぼすのを聞きながら、相当辛かったんだなあと聞いていることちらの胸が痛んだ。

「そうだね。辛かったよね」

そう言いながら、抱きしめる菊華の背中をぽんぽんと叩いていたら、離れたところで聞いていた白百合も辛い気持ちが伝染したのか、悲しげな顔でこちらに近づいてきて一緒に菊華の背中を優しく撫で始めた。

「ううううう〜〜」

今朝、あんなに喜んで見せびらかしていた制服の小さな背中が、今は悲しく揺れていた。

そうして、俺の着ている制服が菊華の涙でびしょびしょになるまでひとしきり泣いた後。

泣きつかれてしまった菊華が、俺の膝でしゃくり上げながら寝息を立て始めたのだった。

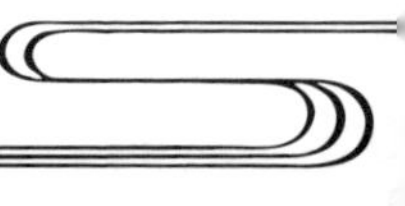

「——お兄様、ちょっといいですか」

眠ってしまった菊華を部屋まで連れて行った後、そう言って白百合が俺を呼び止める。

「なに？　どうしたの白百合」

「あの、ご相談があるのです」

神妙な面持ちで白百合が切り出してきた相談というのは、まさに今寝かしつけた菊華に関係することだった。

——翌日。

『蓮……。何してるにゃ？』

朝から『幼稚舎に行きたくない』と駄々をこねる菊華をなんとか説得して送りだした後。

そのまま、一旦同じ敷地内にある初等部の自分の教室に行き、教師に「すみません、体調が悪いので医務室に行きます」と言ったその足でそのまま幼稚舎へと戻ってきた俺は。

こうして今、物陰からこっそりと菊華の組の中の様子を覗き見ていた。

いやっ！　断じて変質者とかではないからな！

そもそも今俺、九歳児の姿だし！

とはいえ、西園寺家の嫡男がまさか授業をサボって幼稚舎の様子を覗き見していることがバレたら恥どころの話じゃないとヒヤヒヤしながらも、妹が心配なあまりこうして変質者まがいの行動に出てしまった俺なのだった。

教室の中では、菊華が場に馴染めずに一人寂しそうに積み木で遊んでいるのが見える。

——こうやって見ていると。

この子、母親から『やれ』と言われたからやむなく悪役令嬢をやっていたけれども、根本のところではそういうの向いてないんだろうなあ……。

同じ組の子に話しかけたそうにチラチラと目を向けながらも、怖気付いて結局は一人遊びに戻る菊華の様子を盗み見ながら、そんなことを思った。

そこに——。

「年中組の皆様、失礼致します」

すっと背筋を伸ばし、右手に扇子を持ち。まさに華族令嬢といった振る舞いで現れた白百合が、颯爽と年中組の教室に現れた。

「……あら、菊華ちゃん。お一人で遊んでいるのですか？」

にっこりと微笑みながら現れた白百合は、教室の中で一人で遊んでいる菊華にすたすたと近づくと、周りで様子を見ていた他の子供たちに向かって、教室内に響き渡るように話しかけた。

「皆様。菊華ちゃんのこと、どうかよろしくお願いいたしますね。わたくしの大切な大切な、可愛い妹なのです。……菊華ちゃんも、困ったことがあったら、いつでも年長組のわたくしのところにいらして構いませんからね」

なんなら今からでも来ますか？　と白百合が菊華を撫でながら笑いかけると、菊華がほっとしたのか、「ねえたま……」と泣きそうな顔で白百合の制服の袖を摑んだ。

「菊華ちゃん。まさかこの組に、西園寺の家の子に意地悪をするような子がいるとは思いませんが、もしいたら教えてくださいね。お姉様が『めっ』してあげますから」

白百合が〝めっ〟と言うと同時に、扇子でパチン！　と教室内に響くように音を立てる。

ふんわり優しい笑顔で可愛いことを言っているように聞こえるが、実のところその内容は周囲への牽制である。

そうして、それを見た周りの子供たちが、そこでようやくこれまで自分のとってきた行動が良くなかったかもと思ったのか、おずおずと菊華と白百合に近づいてきたかと思うと「あの……ごめんなさい西園寺様。わたくしたちとおともだちになってもらえませんか？」と歩み寄ってきた。

一人が出てくると釣られるように二人、三人とその人数が増えてきて。

菊華が不安そうに白百合とその子たちを交互に見たが、白百合が「菊華ちゃん、大丈夫ですか？」と尋ねると、菊華が少し安堵したような表情になって「うん……」と白百合に頷き返し、同じ組の子供たちに近づいていった。

——昨日、俺が白百合に相談されたのは。
同じ幼稚舎にいて、菊華を守ってあげられるのは自分だから。
菊華を守るためにどうすればいいか、一緒に考えてほしいというものだった。
そうして先ほど、教室の中で立ち回った白百合のセリフと振る舞いを二人で考え、それをいかに堂々と言えるかの練習を、菊華が眠った後夜遅くまで延々と続けた。

「……お兄様、今のはどうでしたか？」

「うーん、やっぱり、まだちょっと緊張が見えるかな……」

こんなやりとりを、及第点に至るまで二人で何度も繰り返し。

そうして当日の今日。

クラスに馴染めない菊華ももちろん心配だったが、それ以上に白百合がちゃんと芝居を打てるのか心配で仕方がなかった俺は、教師に嘘の体調不良を告げてまでこうして隠れて様子を見にきた——というのがことの真相である。

あれから、菊華が仲良く同じ組の子と遊び始めたのをきっかけに白百合がそっと教室を出たのを見て、俺も物陰からこっそりと白百合を追いかけてきて。

「……白百合！」

教室から出てきた白百合が膝からへなへなと崩れ落ちそうになるのを見て、思わず駆け寄った。

「お兄様……」

「白百合。ちゃんと見てたよ。よくできてた。えらい」

公爵子息の自分が、幼稚舎の子供たちを物陰からこっそり隠れて見ていたことは決して褒められたことではないけれども。

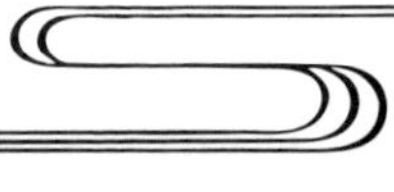

それでも頑張った白百合に対してはちゃんと褒めてやりたい一心でそう告げると、白百合が泣き笑いの顔で「うう、よかったです……」と俺に答えた。
……まじで、いい子すぎんか？　うちの妹。（涙）
偉いし可愛いしいい子だし。どうしたら白百合のこの頑張りを労ってあげられるのか、そんな等価値のあるものなどこの世に存在しないのではと思いながらも、気持ちを込めて白百合をぎゅっと抱きしめた。
こうして、俺と白百合の間にも『末っ子を救う』という初めての共同作業により、より強い絆が生まれたのだった。

そして、その日の放課後。

授業を終えた俺が幼稚舎まで菊華と白百合を迎えに行くと、朝とは打って変わってご機嫌になった菊華が、白百合にぴっとりと抱きつくようにして幼稚舎から出てくるのを目にした。

「あっ！　にいたま！」

そう言って、俺を見つけた菊華がこちらに向かって『てててっ』と駆け寄ってくるのを「おつかれ、菊華」と労いながらぽふりと抱きとめる。

——さて。

白百合も、慣れないながらも頑張ってひと芝居打ったのだし。

俺もここで、白百合の頑張りに便乗して、一丁やってやるか。

そう思い、菊華の背後から現れ出てきた幼稚舎の子供たちに向かって、すっと顔を向ける。

「みんな、うちの妹たちと仲良くしてくれてありがとうね」

思った通り、そこにいたのは先ほど教室を覗き見た時に見た顔ぶれの――、菊華と同じ組の子供たちだ。

その子たちに向かって、俺はことさらににっこりと微笑んでみせる。

……あのですね。俺、最近気付いたんですけど。

この【西園寺蓮】の顔でにっこりと笑いかけると、周囲がなんだか妙に浮き足立つんだよね。

それが、この美少年顔が原因だと気付いたのは、学苑に通学するようになってからだ。

……前世で原作小説を読んでいた時は、西園寺蓮は正直完全にモブだったから、そんなにまじまじと顔なんて見ていなかったし、わからなかったんだけど。

鏡で見ると、めちゃくちゃ整ってるんだよね。自分の顔。

は？　誰？　って感じ。

いや、俺なんだけど。

いやあ、器が身の丈に合っていないとこんな感じがするんだー、なんて思いながらも、使えるものはなんでも使う主義の俺は、ここでもそのモットーを遺憾無く発揮するわけで。

菊華の同組の女の子たちが、王子様でも見るような眼差しをこちらに向けてくるのをさらりと流しながら挨拶をすると、

「は……、はい。わたくしたち、きっかさまときょう、おともだちになりましたので……」

と、代表格らしき女の子が顔を赤らめながらそう答えてくる。

よしよし。

これでもう、間違っても菊華を『後妻の娘』だなんて言って意地悪してくる輩はいないだろう。

そう思いながら俺は、彼女たちに向かって「これからも妹をよろしくね」と言って、にっこりと微笑んだのであった。


そんなこんなで、最後に自らの手で白百合の頑張りに後押しをし、これで明日から菊華を無下にする者もいないだろうと達成感に満たされながら（と言いつつ、俺は大したことしてないんだけど）、兄妹三人仲良く手を繋いで帰路についたのだった。


「菊華。今日白百合に助けてもらったんでしょ？」

真ん中に菊華を置いて、両側に俺と白百合という並びで車の後部座席に座った後。

菊華に向かって俺がそう切り出すと、すぐ隣の菊華がびっくりした顔をして俺を見た。

「にいたま、なんでしってうの？」

「……兄様は魔法使いなんだ」

——本当は、裏から隠れてこっそり覗いていただけだが。

まさかそんなことを正直に言うわけにもいかず、平然と「魔法使いだ」と方便をのたまう。

「白百合にちゃんとお礼は言った？」

俺の言葉に、菊華ははっとした様子で口を菱形(ひしがた)に開く。

まあそうだよね。忘れてるような気はしたんだよね……。

「……ねえたま」

「なんですか、菊華ちゃん」

菊華の呼びかけに、白百合はにこにこと答える。

「……ありがとごじゃましゅ」

そう言いながら菊華は、白百合に向かって可愛らしい仕草でぺこっと頭を下げた。

「ちゃんと白百合にお礼を言えてえらいね菊華」

俺が菊華の頭を撫でながら褒めると、菊華ははにかみながら「えへ……」と笑いを漏らし、

「にいたまとねえたま、だいしゅき」

と口にした。

――その瞬間。

口にした菊華以外の、西園寺兄妹の時が止まったことは、言うまでもない。

え～～～～！　なにそれ！

反則でしょうが!!　可愛すぎるやろがぃ!!

そう思って菊華の向こうに座る白百合を見ると、

「私も……、菊華ちゃんのことが大好きです……！」

と瞳をうるうるさせながら、ぎゅっと菊華のことを抱きしめていた。

なにこれ？　ここが天国？

俺、善行が過ぎて天に召されたのかな？

白百合に抱きしめられたことで、菊華も嬉しそうに白百合に頬を寄せるのを見て。

人間、一番幸せな瞬間に死ぬのが最大の幸せなのだとしたら、もしかしたら俺にとっては今この瞬間なのかもしれないな……と思った。


そうしてその日から菊華は、白百合を「ねえたまー！」と呼び、ちょろちょろと白百合を慕って付き纏うようになるのである。

あ～、仲良し姉妹、尊い。

◆

「……そうして、みんな幸せに暮らしましたとさ。めでたしめでたし」

「にいたま、ちゅぎ」

隣に寝そべる菊華が、そう言って俺に向かって次に読めという絵本をぐいっと差し出してくる。

いや、「ちゅぎ」じゃないよ菊華。いい加減寝なさいよ……。

「わあ、いいですね菊華ちゃん。私もこのご本好きですよ」

「えへへ～……」

俺の部屋の寝台(ベッド)で、俺を真ん中にして両サイドに寝そべる妹たちが仲良く戯(たわむ)れる。

さて。俺が今、何をしているのかというと。

寝る前に、俺の寝台に三人で川の字になり、二人が眠くなるまで本を読んでやっているのだ。

相変わらず一人で寝るのが怖い菊華と、おそらく一人で寝ること自体には慣れたのだろうが、『菊華ちゃんとお兄様が一緒に寝るなら』といそいそとやってくる白百合。

寝る時間になると「にいたま、ねんね」と言っては白百合と手を繋いでやってきて、最近ではもはや何も聞かずに俺の寝台によじ登り、さあ寝るぞと言わんばかりにころりと大の字に寝転がる。

いやそれ、君の寝台じゃないんだけどね……。

『初等部に上がるまでには一人で寝られるように頑張ろうね』と白百合と菊華に言ったのは俺だけど、もうこれ、菊華が初等部にあがるまでは多分無理だなあ……と思っている。

だって……、可哀想じゃん。

来年、白百合が先に初等部にあがるけど、白百合だけ一人で寝かせるの？

俺と菊華は一緒に寝てるのに？

とはいえじゃあ『白百合が一人で寝られるようになったから、菊華も一人で寝ようね』と五歳児を放り出すのも心無い気がするわけで。

菊華の初等部入学まではこのままがいいのかもなあ……とうっすら思っている俺だった。

まあ、副産物というか、良かった面もあるんだけどね。

毎晩こうして一緒に本を読んで、おんなじ布団で寝ているうちに、驚くほどに白百合と菊華が仲良くなったし。

ふわふわ寝台（ベッド）の上という癒しの空間が心を緩めるのか、はたまた睡魔で気持ちが緩むために境界線があいまいになるのか。

白百合と菊華は、寝台のうえにいるときの方が、ふわふわにこにこと幸せそうに戯れることが多かった。

それがまた、格別に可愛いんですけどね。

「にいたまぁ、はやくぅ」

「菊華……、もう寝ようよ……」

「こえよんだら」

だから読んで、と、菊華が横からぐいぐい押してくる。

白いネグリジェのような寝巻きを着た菊華はまさしく見た目は天使だが、天使はまだ俺に安らぎを与えてはくれないようだった。

「菊華ちゃん。お兄様ももうお疲れみたいですし……」

「でもきっか、にいたまのおこえききながらねちゃいの」

だってにいたまのこえ、やさしくてしゅきなんだもん。


——そう言われて。

そんな可愛い妹の頼みを断れる兄が、どこにいるだろうか？

「きっか、これききながらちゃんとねんねしゅるから。にいたまによんでほちいの」

「たしかに、お兄様のお声は、優しくて幸せな気持ちになりますもんね」

「あと、きょうはねえたまのおとなりでねたい」

「えっ……」

「だめ？　ねえたま」

と言いながら、菊華が答えも聞かずに俺の上によじ登って真ん中に割りこみ、白百合にくっついて甘え出す。

そんな菊華に、白百合はまんざらでもなく嬉しそうだった。

そして、それによって白百合が、

「お、お兄様……。私も今日は、この形でお兄様のお話を聞きながら寝たいです……」

と言い出し。まんまと菊華に懐柔されてしまったわけである。

白百合よ、お前は菊華を止めてくれる側じゃなかったのか……。

と、思わず眉間に皺を寄せてしまう俺だったが。

でも結局は俺も、最終的に妹二人から『兄様のお声が好きだから』と言われてしまっては、妹たちの可愛いお願いに抗うことなどできないわけで。

期待のこもった可愛い眼差しで並んでこちらを見つめられれば、わかった、と言う以外に答える言葉など出てこないのだった。

白百合のことなど責められない。

結局は自分も、可愛い妹の前ではただのチョロい兄なのである。

「じゃあ、わかったけど……。菊華も白百合も、ちゃんと目を瞑りながら聞いててね」

観念して、ため息混じりに二人にそう言うと、白百合と菊華が俺の言葉にこくこくと頷く。

……目を瞑りながらの読み聞かせなら、さすがに今度は途中で寝てくれるだろ……。

そんなことを思い、こっちも眠いのを我慢しながら読み聞かせをしていると、案の定隣からすうすうと規則正しい寝息が聞こえてきた。

……ふう。ようやく寝たか。

やっと『ちゅぎちゅぎ攻撃』から解放されたことに安堵し、俺がぱたりと読んでいた本を閉じると、寝るのに邪魔にならない脇に本を避けて、肘枕で横になりながら隣で眠る妹たちを眺めた。

――きっと、こんな時間も一瞬で過ぎていくんだろうな。

そう思うと、まだまだ問題ばかり残っている状況ではあるが、何気ない日々も愛しく思える。

最初は、単純にこの家の将来の破滅を回避するために始めたことだが、今ではこの子たちの日々の暮らしが、そして将来が、幸せであるようにと心から願うようになった。

うにゅ……、と寝言を漏らす菊華を見ながらくすりと笑いをこぼすと、俺も仰向けになる。

――悪役令嬢だろうがヒロインだろうが、その前にこの子たちは、俺の可愛い妹なのだ。

物語の中のキャラクターであるということよりも、実際に動いて生きているこの子たちの方を大事にしたい。

だからこそ余計に、白百合も菊華も、絶対に原作のような不幸な目には遭わせないと固く心に誓いながら。

隣で眠る妹たちの寝息に紛れて、俺も眠りについたのだった。

白百合と菊華たちの幼稚舎が新学期を迎える一方で、もちろん俺も新学年に進級するわけで。
四月から初等部の四年生となる俺は、白虎に教わりながら異能の鍛錬を日課とするようになった。
たとえ【白虎召喚を果たした天才少年】と言われていたとしても、それはそれとして異能の鍛錬はまた必要なのだ。
何事も、力を有していても、それをコントロールする能力がなければ上手く扱うことはできない。

——この世界では【天授の力】と呼ばれている異能の能力。


端的に言って、【天授の力】が発現するか否かは完全に先天性のものだ。才を持たず生まれてきた者が、後の努力で開花するということはない。そして、その能力の強さも同じくである。

後は、持って生まれたものをどうコントロールするか、技術をどう高めるかしかない。

そして異能についてさらに詳しく説明すると、その力はざっくりふたつに大別される。

ひとつは念力や発火能力、空中浮遊といった、外界に影響を及ぼすもの。もうひとつは、遠見やテレパシー、精神支配といった、目には見えないものだ。

——そして、俺が得意とするのは主に前者。

遠見とかテレパシーとか、そういったことに関してはからっきしだが、『周囲のものに作用す

る』ということなら感覚でわかる——というかできる。

今も、西園寺家の邸内にある弓道場を使って、弓を使わずに念力で矢を飛ばして的当てする、という単純な鍛錬を黙々と続けていた。

それだって、ただ的に当てているだけではない。

白に『同時にふたつのことを並行してできることに慣れろ』と言われたので、あぐらをかいてうっすら空中浮遊のコントロールをしながら的当てをしているのだ。

『——だいぶ慣れてきたな』

いつもの子猫の姿ではない、大虎の姿に戻った白が、背後から俺に向かって話しかけてくる。

「まあ、いい師匠がついているからかな」

言いながらも、スパン！　とまたひとつ矢が的に当たる。

『しかし、散々教えておいてなんだが。お前の真価は実のところそこではないのだがな』

「えっ、なにそれ。じゃ俺の真価ってなんなの」

みんなの前では優等生ぶって〝僕〟を使うが、気心の知れた白には〝俺〟と言う。

『蓮の真価は——、まあ、おいおいわかる』

「えぇ……？　そこまで言っておいて渋るの……？」

なんだよ、そこまで言ったならいっそ言おうよ！

と肩透かしを喰らった気持ちで白に抗議をしたが。

『お前の力は、強大であるが故にやっかいなのだ』

力のコントロールも十分ではない今の実力で、変にそれを教えて無理に使おうとする方がよくないのだ、と白が言う。

「ふうん……」

だったら今言わずともその時言えばよくないか——？　と思いながらも。

別にいちいち槍玉に挙げるほどのことでもないかと気を取り直し、再び意識を目の前の的に集中させ、もう一発矢を的に当てる。

結局——、その話はそれきりとなり、俺の【真価】とやらはよくわからないまま終わったのだが。

その後、白虎を召喚した影響か、はたまた白の鍛錬のおかげか、四年生になって初めて行われた異能の能力測定で俺が過去最高の成績を叩き出すこととなったのである。

——円形状に、おびただしい数の蠟燭が立てられた空間。

立てられた蠟燭に、まだ火は灯っていない。

そうして、その中心に立つようにと、測定係の教師に指示される。

「——では、自分の周りから、外に向かって蠟燭に火が灯るイメージを描いてください」

これは、異能値を測る検査だ。

蠟燭の炎も、実際に炎を生み出すわけではなく、中心に立つ能力者の異能を感知すると灯るとい

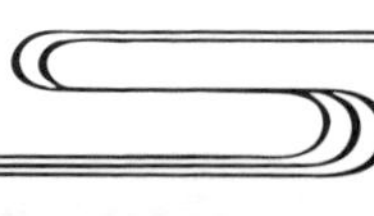

うしくみらしい。

自分に近いところからより遠くの蠟燭まで灯すことができれば、高い異能値を持つとされる。

それによって異能値を数値化するのだそうだ。

俺は、教師に言われた通り、自分の周囲から順に蠟燭に火が灯るイメージを思い描く。

すると――。

ぽつぽつと、思った以上の勢いで蠟燭に火が灯っていき――。

最後に『ぼんっ！』と軽い音を立て、部屋中の蠟燭が破裂した。

「…………え？」


「――測定、不能ですね」

「……はあ」

測定係の教師がすまなそうに俺にそう告げながら、評価表に【測定不能・特A】と記された紙を渡してくる。

「西園寺様の異能が強すぎて、今回用意した測定装置では正確な数値が測れませんでした。ですが、基準値を超えているという点では言うまでもなく合格点は超えております」

来年はもっと強度の高い測定装置を用意しますので、ご容赦ください……と、測定係の教師に謝られた。

そしてその背後では、俺が装置を破壊してしまったことにより、慌てて他の教師たちが新しい装置の設置を行っているのが目に映った。

…………………え。

……………………ええええええええ………………？

正直、あまり学内で目立ちたくない俺としては、こんな騒動起こしたくなかったんですけど……。でもどう考えても、測定装置を破壊して、俺の後に測定する生徒たちの流れを止めてしまったことで、否が応でも目立ってしまった。

どうやら、俺が室内で起こしてしまった破壊音も外まで聞こえたらしく、測定部屋を出た後、後ろにいた生徒たちが何事かとざわめいているのもばっちり見てしまったし。

破壊音が出た後に測定部屋から出てきたのが俺だというのも、他の生徒に知られてしまったわけで――。

西園寺蓮
異能値　測定不能・特A
影響度　特A
コントロール　超特A
総合評価　特A

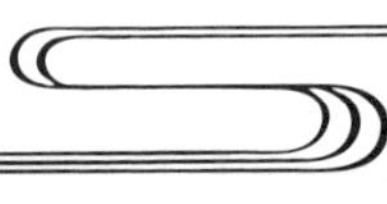

その後の異能測定の結果も「これくらいが妥当か？」と思って出した結果が、この通りである。

「……白」

『うむうむ。我の教えを正しく守っている結果にゃ。手を抜いてもこれなら、まあ十分にゃ！』

――と。

……いやいや、俺としてはもっと、平均値というか平凡な値を出しておきたかったというか……。

まあ……、白虎を召喚してるって時点で平凡を望むとか許されないのかもしれないけど。

それでも想定以上に突出してしまったような気がするのは俺の気のせいだろうか……？

コントロール【超特A】とか何？

え？　超？

それでも、いつも白と練習している的当ての半分くらいしか実力発揮してないんだけど。

『まあ～、蓮くらいの年の子供だと、普通はあれだけ当て続けられないにゃ』

「えっ？　でもいつもうちで練習している的より距離近いし……」

『当たり前にゃ。我の主に、子供と同等程度の練習などさせるわけにゃいにゃろ』

「……でも、何発かは的を外したけど」

『それでもせいぜい〝外した〟レベルで、的には到達してたにゃ？　普通の子供にはあれだけの威力と持久力もないにゃ』

多分、測定した教師たちも、あえて蓮が的を外していることも見越して評価をつけたのではなかろうかにゃあ――と。

「………………ええええ」

……ええええええ？

じゃあなに？　目立ちたくないなら、もっと手を抜く必要があったってこと？

それはそれで、逆に難しくなるんですけど！

『我としては、白虎の主人が無能だなんて噂を立てられるのは以ての外にゃ。最低限これくらいの成果は出してもらわにゃいとにゃ！』

と、俺が果たした結果であるのに、なぜか白に『どやあ！』とドヤられたのだった……。

そして。

帰宅し、父に異能測定の結果を見せると、

「……ほう、これは」

「ほ……、ほほ。さすが、蓮様ですわね……」

父には感嘆され、早苗さんからは引き攣り笑いを浮かべられて。

俺が異能測定で好成績を出したという話は、瞬く間に家中に広まったのだった――。

「お兄様、凄いです……！」

「にいたま、しゅごいの!?」

きらきらとした瞳で妹たちに見つめられるのは悪い気はしないし、周囲の使用人からの眼差しもいっそう尊敬の念が込められるようになったのは良いことではあるのだろうが。

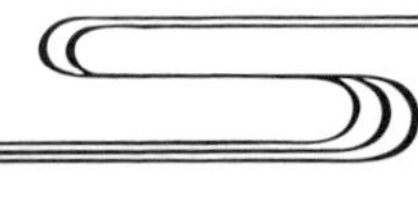

嫌だなあ……。

出る杭は打たれるって言うし。

家の中では権威を保ちつつ、なるべく外ではひっそりといたかったんだけど……。


——そんな俺の心を嘲笑うかのように。

この一連の出来事が、新たな厄介ごとを呼び寄せる、ひとつのきっかけとなったのであった。

◆

ある日。

放課後『授業も終わったし帰るか』と思っていたところで、ふと俺に声をかけてきた人物がいた。

「おい、お前。ちょっと顔を貸せ」

「……君は?」

「東條蒼梧。そう言えばわかるだろう?」

……東條蒼梧?

…………東條…………?

どっかで聞いたことあるような……、と思いながら眉間に皺を寄せていると、すぐに答えを導き出せない俺に対してイラついたような様子を見せた東條蒼梧が、俺に向かって怒鳴り散らしてきた。

「お前……! 四大華族の筆頭一族である東條家を、忘れたとは言わせないぞ!」

「……ああ！」
はいはい！　そうだったそうだった！　東條家ね！
休みボケしていたせいか、すっかり脳みそが働いてなかったわ！
ごめんごめん！
と思ったところで、再びはたと気付く。
ん？
東條家の東條蒼梧？

…………………。

ああああああああああ！
こいつじゃんか！
『しらゆりの花嫁』のメインヒーロー！
白百合の相手役の男！
【蒼梧様】こと、東條蒼梧！
あれっ……？　そういえば俺、こいつと同学年だったんだ……!?
原作小説ではそんなことまで書かれていなかったから全然知らなかったんですけど!?
まあ、原作の蓮と東條蒼梧は完全に相性合わなそうな感じだもんなあ……。
同じ学年だったとしてもきっと没交渉だったのだろう、と自分の中で納得する。

……しかし、そんな原作のメインヒーローが一体俺に何の用で来たのだろう？

「ふん……。最近の西園寺家は気位が低いと噂だっているが、どうやら本当みたいだな」

そう言って、蔑むように東條蒼梧がこちらを見下ろしてくるが、筆頭家の嫡男がそうやって人を簡単に見下すのもどうなんですかね？　と思わずツッコミを入れる。

まあいいけど……。

「それで、僕に何の用ですか？」

「……ちょっとついてこい」

ふん、とでも言いたげに身を翻した東條蒼梧に言われるまま、席を立ち彼の後について教室を出ていくと、背後からきゃぁ……！　と女子たちのざわめく声が聞こえた。

……一体何なんだろう？

俺の知らない、原作でのこの二人の因縁エピソードでもあったのだろうか……、などと思いながらその背中を追って行き。

そうして、東條蒼梧に連れられて校舎裏まで来た俺が、開口一番に言われたことは。

「――お前。この間の異能測定で過去最高点を叩き出したらしいが。その程度のことで俺に勝ったと思っているんじゃないだろうな」

――ん？

「え、別にそんなこと全然考えてませんけど……」

そもそも、あなたが同学年だということ自体、さっき気付いたばっかかですし。

「ふん。殊勝なことを言っても、腹でどう思っているかはわからん。まあせいぜい、束の間の一位を味わっておくといい」

俺としても、同学年の生徒の中で有能な奴がいなくて、張り合いがないと思っていたところだ――と。

東條蒼梧が不敵に笑う。

え……？

待って待って？

メインヒーローだよね？　これ。

これが十数年後、うちの大事な可愛い白百合と付き合う相手だよね!?

え、大丈夫？

こいつ、こんな調子で成長して、後々ちゃんと幸せにしてくれる？　うちの子……。

「光栄に思え。お前のことは、俺の好敵手(ライバル)として覚えておいてやろう。西園寺蓮」

そう言って「ふっ……！」と笑うと、正直若干引いてしまった俺を置いて東條蒼梧はその場から立ち去っていった。

…………え？

メインヒーロー？

――――あれが？

この先、初等部に入ってくる菊華の憧れの先輩となり、いじめられていた白百合の心を優しく溶かす予定の男？

嘘だろ？

これが、菊華による西園寺家没落の危機を危惧し、日々破滅回避をモットーに生きてきた俺と蒼梧の最初の出会いであり。

謎に自意識高めなヒーローの登場によって、実妹である白百合の将来が一気に不安になった出来事であった――。

◆

――華桜学苑。

それは、華族の中でも特に優秀な子息・令嬢が集められた、小中高一貫のエリート学苑であり。

『しらゆりの花嫁』の原作小説でも、東條蒼梧・西園寺蓮・西園寺菊華の三人が初等部から在学した学校として描かれ。

白百合も遅れて、蒼梧に見初められた後に高等部から編入する設定となっていた、この世界での名門校である――。

「ふっ、西園寺。残念だったな。この間の小テストはどうやら俺の方が点数が上だったようだ」

「……おい西園寺。お前、こんな凡ミスで点数を落とすな。ミスで勝っても俺が嬉しくないだろう」

「西園寺！　休憩しに行くからお前もついてこい！」

…………。

えっ――？

何だかよくわからないうちにめっちゃ付き纏われてるんですけど!?

「おい！　ぼやぼやするな！」

置いていくぞ！　と――。

いやいやいや、ついてこいって言ったのはそっちで！

俺は別に置いていかれても困らないからね!?

と思いながら、ついていかないとまたうるさいんだろうなあと思いつつ、ため息を押し隠しながら後を追う。

そうして、そうやって東條を追いかけていく俺に対して、周りの女子たちがきゃあきゃあと囃し立てるのが背後で微かに聞こえた。

――そう。

なぜだかわからないが――、いや、実際にはうっすらわかっているけども。

いまや俺は――、俺たちは。

華桜学苑初等部での人気者となっていた。

四大華族の筆頭家、東條家の嫡男、東條蒼梧と。

同じく四大華族のひとつ、西園寺家の嫡男で、齢九つにして守護獣を喚び出した天才少年（自分で言うのはさすがにちょっと恥ずかしい……）の俺。

メインヒーローである蒼梧がイケメンなのはあえて言うまでもないことだが、塩顔美少年の蒼梧の隣に、中性的な顔立ちの西園寺蓮（まあ俺なんだけど）が並び立つと、クール系王子と正統派王子がセットになってなんだか格好いいらしい。

きゃあきゃあ言っているのは主に女の子たちだったので、いわゆる女子からの人気が高いのかと思ったら、どうも男子からも憧れの眼差しで見つめられているようだった。

そうして、誰がつけたものなのか、いつのまにか俺と東條は、華桜学苑初等部の二大貴公子と呼ばれているらしく――。

なんなんだ二大貴公子って……！

ちょっとダサくない!?

貴公子、イコール、貴族の男子、って意味では正しいのかもしれないけどさあ……！

もともと、西園寺蓮はモブキャラなのだ。

モブはモブなりに、目立たず大人しく、ひっそりと菊華をまっとうな令嬢に育てていこうと思っていたのに、出鼻をくじかれた感にトホホする。

――いや、でも。

東條に絡まれると嫌でも目立つから構ってくれるなという気持ちもあるのだが、最終的に我が家を没落に追い込むのはこの目の前の東條なのだから、逆に今のうちに仲良くなっておいた方がいいのか……？

そんなことを思いながら俺が東條の後について歩いていくと、学苑の裏庭にあるこぢんまりとした四阿にたどり着く。

「おい。お前、白虎を出せるんだろう？」

先行して歩いていた東條がくるりと振り返り、ふんぞり返るような態度で俺にそう告げてくる。

「……出せますけど。だから何です？」

「出してみろ。俺が見てやる」

東條の尊大な態度に少しカチンとくる。

うっすら、というかまあまあはっきり思っていたけど、こいつの上から目線はなんなんだ？

四大華族筆頭という矜持がそうさせるのだろうか？

だとしても。

「……あまり、人に物を頼む時の態度とは思えないのですが」

「お前だって、普段は周囲に同じような態度で接しているんだろう？」

ふん――と鼻で笑うような態度で告げてくるそれは、おそらく俺が【西園寺蓮】の中で俺として目覚める前のことを指して言っているのだろう。

――でも。

「確かに、以前の僕はあなたにそう言われても仕方のない振る舞いをしていたのかもしれません。だからと言って、あなたが僕に同じような態度を取っていいのですか？　僕は、ああいう態度は良くないと気付いたからこそ、自ら改めたのに」

しかも俺の記憶にある限り、西園寺蓮は東條蒼梧に対して失礼にあたる態度など一度も取ったことがないはずだ。

長いものには巻かれる小悪党タイプの西園寺蓮は、東條の潔癖さをわかった上で、本人に直接はおろか、他の者に対しても彼の前ではそういった態度は一切取っていないはずで。

「噂話で他人を判断する人を、僕はあまり好きではありません」

そうきっぱりと言いきり、俺は東條の前から静かに立ち去ろうとしたものの――。

あ～、いやいやでもこれ……、悪手だったかもなあ……。

せっかく東條蒼梧と距離を詰めて、破滅回避の糸口を摑めたかもしれないのに……。

いっそ、思い切っておもねって、へりくだるべきだった？

いやでもそれじゃあ、もともとの西園寺蓮とやってること変わんないし……！

そんな苦悩に頭を悩ませながら、それでも、颯爽とその場を去ろうとした時だった。

東條が「待て！」と言って俺を呼び止めたのは。

「……今のは、確かに俺が悪かった」

東條の制止に俺が素直に立ち止まると、彼は決まり悪そうな顔でこちらにそう告げてきた。

「すまん――、いや、すまない。このことに対しては素直に詫びる。西園寺は……、俺に対してずっと、真摯な対応をしてくれていたのに。俺が浮かれてしまったんだ。ようやく対等に話せる友人ができるかもしれないと思って。つい調子に乗り過ぎてしまった。申し訳ない」

「………」

そう言って、拍子抜けするほどにあっさりと態度を改め、真摯に腰を折ってくる東條に。

俺は、ここ数日間ずっと近くで見つめていた、東條の姿を思い出していた。

周囲から【孤高の存在】と勝手に崇められ、特定の友人も作らずほとんどの時間を一人で過ごし。

畏怖にも近い尊敬が、却って彼を孤独に陥らせているようにも見えた。

そんな東條が、俺に絡んでくる時だけ、ふと見せる少年らしい素顔。

「改めて、白虎を見せてほしい。神獣に……、ずっと憧れていたんだ」

この目で直に見ることが叶うなら、ぜひお願いしたい――、と。

こちらに腰を折ったまま、誠心誠意といった様子で頼み込んでくる東條に、俺は「ああ」と理解した。

――なんだかんだ言いながらも、結局は東條もまだ十歳の少年で。

――彼は彼なりに自分の立場や境遇と闘っているのだ、と。

本来ならば、俺がいなければこの世代で、誰よりも先に神獣を召喚していたのは彼なのだ。

四大華族筆頭である東條家の次期当主として、誰よりも努力し、自らを高めていかなければと努めてきた東條が。

素行も評判も最低最悪の同学年の男子（おれ）に、『先を越された』と知った時の気持ちは、どれほどのものだっただろう。

『どうして、俺じゃなくあいつが』と思う気持ちを押し殺しながらも俺に近づいてきて、最終的にこうして態度を改め、誠意を見せてくる少年に。

俺は、彼の誠実な心根の片鱗を見た気がした。

「……わかったから、顔を上げてください」

そう言って俺は、東條に声をかける。

「許してくれるのか？」

「許すも何も。もともと悪い噂が流れるような態度を取っていたのは僕の方です」

だから、これを機に、東條がちゃんと俺という人間の人となりを見てくれればそれでいい。そういうつもりで言葉を返した。

そして――、

「白」

俺の呼びかけに応えて、東條の目の前で、本来の大虎の姿を取った白虎が姿を現す。

「白。東條様にご挨拶を」

そう言って白を撫でながら俺が告げると、白が東條に相対するように体を向け直す。

息を呑むような表情で白を凝視していた東條は、自分に体を向けてきた神獣に対して、微かに肩を震わせた。

白は、じっと動かないままの東條の前に座ると、そのまま特に何をするでもなく静止する。

……そういえば、神獣の挨拶って見たことないけど。

神獣って言うくらいだし、もしかしたら神様以外には頭を下げないものなのかもな、と。

そんなことを思いながら黙って見ていると、

「……触ってもいいのか？」

そう東條が尋ねてくる。

その言葉に、俺が白に目線を向けると、白がすっと首を下げたので。

「多分、いいんだと思う」

と答えた。

恐怖なのか畏敬なのかどちらかわからないが、恐る恐る白に触れた東條に白がくすぐるように鼻先で触れ返すと、子供らしい表情で東條が顔を綻ばせた。

「……すごいな。これが神獣か」

嬉しそうに東條がそう呟く。

——原作では。

本来は俺ではなく、この目の前の少年が神獣・蒼龍を喚び出し、天才少年と謳われるようになる設定だった。

「……俺にもいつか、守護獣を喚び出せる日が来るんだろうか」

そう、切なげにぽつりとこぼす東條に、俺はいささかの罪悪感を覚える。

——原作小説、『しらゆりの花嫁』の東條蒼梧は。

東の守護獣・蒼龍を喚び出せる、当代最強の異能使いとして描かれていた。

本来であれば数年後、こいつは蒼龍を召喚させることに成功し、この時代で最強の異能の使い手となるはずなのだが。

原作ではなかった——、白虎の召喚をなし得ている西園寺蓮という大きな改変が、それに影響を与えていないとは言い切れず。

——東條様にもきっと、守護獣を召喚できる日が来ますよ——なんて。

気休めを言ってぬか喜びさせるのが一番良くないことだと、俺は心のどこかでわかっていた。

俺が、凡庸なままの西園寺蓮だったら。

いまでも蒼梧は学年トップを貫いたまま、原作通り蒼龍を召喚していただろう。

蒼梧より先に俺が白虎を喚び出していなければ、こいつにこんな思いをさせることもなかったのだろうなと、心のどこかで後ろ暗さを抱いてしまう。

それでも――。

「ありがとう西園寺。気が済んだ」

そう言って俺に礼を告げてくる東條は、どこかさっぱりとした表情をしていた。

「俺も――、もっと鍛錬をしないとな」

今までの傲岸不遜な態度を一変し、爽やかな笑顔で自分に言い聞かせるように呟いた東條は、どこからどう見ても物語に出てくるヒーローの立ち居振る舞いだった。

そうして東條は、去り際、俺に向かって、

「あ、そうだお前。今度から俺に向かって敬語使うのやめろよ。同級生に敬語使われるの、どう考えても気持ち悪いだろ」

と少年らしく笑い、

「まずい、そろそろ休憩時間が終わる。早く戻るぞ――蓮」

――そう言って。

校舎の方から聞こえてきた予鈴を耳にし、踵(きびす)を返して教室に戻っていく東條の耳が赤くなっているように見えたのは、もしかしたら俺の気のせいだったのかもしれない。それでも。

こうして俺たちはその後、このことをきっかけに、どちらからというわけでもなく距離がぐっと近くなったのだった。

言われた通り、俺からも東條に対して敬語を使うことをやめ、向こうも俺を名前で呼んでくるようになると、なんとなく気安い感じが漂うようになり、自然俺も東條のことを「蒼梧」と呼ぶようになった。

結果的に、俺は意図せず【妹の将来の相手役となる原作ヒーローの親友ポジション】につくことになるのだが。

まあ——、正直、蒼梧といると面白いし楽だし。

将来何かあっても、親友ポジションということでワンチャン温情を図ってもらえる可能性も高くなったし。

総合的に見て、結果オーライってことにしてもいいかな——、なんて思いながら。

結構大幅な原作改変が起こってしまったことに対して、我ながら大変ザルなまとめ方ではあるが、そう決着をつけることにした俺なのであった。

「蓮様、お聞きしましたわよ。最近、東條家のご長男と仲がよろしいのだとか」

ある日の食卓で、早苗さんが俺にそう切り出してきた。

うわっ……。

耳ざといな！　早苗さん！

一体どこで聞いてきたのやら……。

にこにこと微笑みながら俺に告げてくる早苗さんに、俺もにっこりと微笑み返す。

「ええ。ありがたいことに、東條様からはいつもお優しくしていただいています」

「まあ……、さすが蓮様ですわ」

ねえ菖蒲(しょうぶ)様、と父に話しかける早苗さん。

菖蒲というのは父の名前だ。早苗さんは父のことをそうやって名前で呼ぶ。

「ああ、そうだな」

「そうだわ！　もし東條様がよろしければ、今度我が家にお招きするのはどうかしら？」

父と俺に向かってそう提案してくる早苗さんの裏に、蒼梧と菊華をマッチングさせて、あわよくば嫁候補にしてやろうという意図が透けて見えるような気がするのは、俺の邪推だろうか……。

「いえ、残念ながらまだそこまで仲が良いというわけではないので……。僕としても東條様をお呼びしたい気持ちはあるのですが、まだもう少し縁が深まってからの方がいいのではないでしょうか」

正直、「そこまで仲良くない発言」をするのは蒼梧には悪い気もするが。

それでなくても本来仲良くなるはずのなかった蒼梧と仲良くなったことで原作クラッシュしてるのに、ここで蒼梧を家に呼んで白百合と蒼梧の出会いが早まっちゃったりすると、さらに収拾不可能なことになるじゃんか！

　自業自得な面もあるけど、あまり原作を度外視しすぎて先が読めなくなるのが怖いんだよ……。

「そうですの……？　でも菊華も、王子様にお会いできたら嬉しいわよねえ？」

　そこで、なぜか矛先を菊華に向けた早苗さんに、菊華は、

「？　おーじさまはおにいたまですよ？」

　悪意のない純粋な返しで、早苗さんの思惑をきれいにぶった切った。

　そして、あまりこういうことを言うのはよくないかもだが、その瞬間の早苗さんの表情はめちゃくちゃに面白かった。

　違うとも言えず、欲しい答えも得られず、苦虫を噛み潰したような表情のまま言葉を失った早苗さんを見て俺は思った。

　ありがとう菊華……。おにーたまは菊華の王子様でいつづけられるよう頑張るよ……と。

「まあ……、蓮の言うこともわからなくはない。周りが急かして事が纏まらなくなることもままあるしな」

　焦らずとも良いだろう、と俺の言葉に父も同意したことで、固まっていた早苗さんもなんとか我を取り戻し、しなをつくった。

「ほほほ……、そうですわね。さすが蓮様。お考えが深くいらして、わたくしのようなものには到底及びもつきませんわ」

　……この人、本当に父の前では良妻に擬態するのがうまいんだよなあ。

　本性を知らなければ普通に美人で気品のある妻に見える。

西園寺蓮と白百合の実母も相当な美人だったし、うちの父、面食いなんだろうか？

そんなことを思いつつ。

結局この話題は早苗さんがあっさりと引き下がったために、それ以上しつこく言われることなく終わったのだが。

最近、俺が菊華をこちらがわに引き入れてから、早苗さんがなりを潜めているのがそれはそれで怖いので、こっちも警戒を怠らないようにしようと思う俺なのであった。

——さて。
そんな学苑生活を送りつつも。

「にいたま、ちろ」

『シロではにゃい！　白にゃ！』

「菊華、シロじゃなくて白だよ」

白の言葉がにゃあにゃあとしか聞こえない菊華に、俺が横から同時通訳をする。

——季節は、あっという間に梅雨を迎え。

外遊びができない雨の日は、こうして室内で過ごすことが増えた。

今日も、学苑から帰ってきた俺は離れの縁側でソファにゆったりと腰掛け、しとしとと降る雨を

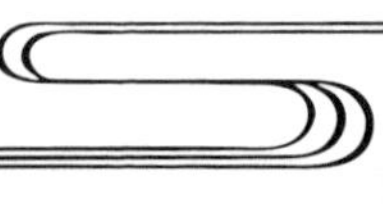

見つめながら本をぺらぺらとめくり。

その隣では、白百合と菊華がおままごとをしていた。

「ねこたんーなでなでー」

『にゃっ……!? 蓮! 妹に動物の扱いをちゃんと教育しろにゃ!』

「菊華ちゃんダメですよ。猫さんはやさしくなでてあげないと」

『にゃ!? 我は猫じゃにゃいにゃあ!』

いつのまにか、おままごとに参戦させられた白が抗議の声を上げる。

最近は家にいる時はほとんど、白を子猫姿で具現化させていた。

そのほうが、白百合も菊華も白と馴染みやすいと思ったからだ。

基本的に白はいつも、俺の肩に乗っているか足元をうろちょろしているか、今みたいに本を読んでいるときは俺の腹の上でくつろいでいることが多いのだが、どうやら今日は菊華からターゲットにされてしまったらしい。

俺の腹から引き摺り下ろされて人形遊びの中に加えられていた白は、辛抱たまらんといった体で再びぴょこんと俺の腹の上に逃げるように舞い戻ってきた。

『蓮! ちゃんとこやつらに、我は猫じゃないと説明するにゃ!』

「……そうは言われても、それだけにゃあにゃあ言ってたら説得力ないでしょ」

『にゃっ!?』

俺のツッコミが予想外だったのか、白が衝撃を受けたように身を震わせた。

「にいたま、ちろ、なんていってうの?」

「ん？　僕は猫じゃありません、って。あともうちょっと優しくなでてほしいって」

「ね、菊華ちゃん。猫さんは優しくしてあげないとダメなんですよ」

猫じゃないと説明したばかりなのに、「優しくしてあげないとダメ」という方に重きをおいた白百合がさっそく白を猫扱いする。

白百合としては、本当に白を猫と思っているというよりは、菊華に対しての教育の一環として白を猫になぞらえて説明しているだけなのだろうが、その様子が面白くてついくすりと笑ってしまう。

いっぽう、先程からたいそう雑な扱いを受けている猫型神獣は、すっかり不貞腐れてしまったのか俺の腹でいじけたように体を丸めてうずくまってしまった。

「にいたまぁ、ちろ」

「シロじゃないよ菊華。びゃく。言ってごらん？」

「びゃ……く？」

「そう」

「びゃく」

そうやって、教えてもらったばかりの名前を菊華が白に向かって呼びかけるが、当の白はすっかり臍（へそ）を曲げてしまったのかぴくりとも動かなかった。

「にいたま、びゃく、ねんねしちゃったの？」

「多分、菊華がさっき強くなでなでしたから嫌になっちゃったんだよ。菊華だって、お友達から痛くなでなでされたら嫌でしょ？」

「……うん」

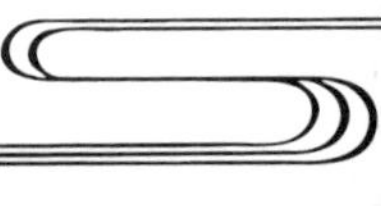

「そういう時はなんて言うんだっけ？」

「……びゃく、ごめなしゃい」

菊華が謝ると、白は疑り深そうに身を引きながらも、菊華の方に顔を向ける。

どうやら、菊華の表情を見て、真剣に申し訳ないと思ったことを汲み取ったらしい。

『……別にいいにゃ』

多分、菊華の耳には「にゃあ」としか聞こえなかったであろうが、確かに白はそう言った。

そう言って、再び顔を俺の腹にうずめて丸まった白に対して、菊華が心配顔のままこちらの様子を窺っていたので、

「ちゃんと反省しているならいいよって」

と菊華に通訳してやると、

「びゃく、おこっちゃった？」

と菊華がしゅんとした様子を見せる。

「怒ってないよ。多分疲れちゃったんだよ。でも、今度から白に遊んでもらうときは優しくしてあげてね」

「うん」

俺の言葉に素直に頷いた菊華に、今度は白百合が「じゃあ菊華ちゃん。続きはまた私と遊びましょう？」と優しく声をかけて、ふたたび二人でおままごとを再開する。

平和だった。

ヒロインと悪役令嬢の確執など何もない、平和な世界。

外の世界をしとしとと濡らす雨の音を聞きながら、俺はこの時間が、ずっと長く続いてくれるよう願った。

こうしてこの通り、白百合と菊華の関係もかなり良好だし、これなら二人で一緒に作業をさせても問題ないかなと思えるようになった今日この頃。

以前から考えていた、妹たちとのお菓子作りの時間を設けるのを、実行に移すことにしました。

そしてお菓子は前回カスタードプリンを作ったので、今回はシュークリームを作りまーす！

わー！　ぱちぱちぱちー！

いや、あのね？

この時代、シュークリームとか作って驚かれないかな……？　とかちょっと心配したけど、驚いたのはむしろこっちのほうだった。

もうあるわ！　シュークリーム！

一般家庭が気軽に買えるほどバンバン世に出回っているわけではないが、ちょっと高級な洋菓子店に行けば普通に買える。

シュークリームって、こんな頃からもうあったんだね……。

想像していたよりも西洋菓子が世に流通していることに、驚嘆してしまう俺なのであった。

——まあ、そんなことはさておき。

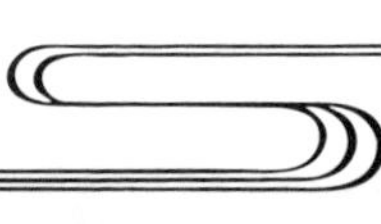

なんで今回シュークリームにしたかというと。

理由はふたつ！

材料が手に入れやすいから！

あと、前回厨房にオーブンがあることを発見したから！

前回プリンを作ったときは、まさかオーブンがあるなんて思っていなかったから、あらかじめ湯煎で作る想定で厨房に乗り込んだのだが。

厨房を借りた時に発見しました！

ガスオーブンというものを！

この時代、あってかまどとかだろうなと思っていたのに……。

小躍りしたよ！

周りに人がいたからこっそり心の中で！

これでお菓子作りの幅が広がる！　ひゃっほーう！

とはいえ、さすがにガスオーブンを九歳の子供が一人で使うわけにもいかないし、なんなら使い方がわからないから、今回は我が家のお抱え料理長に仕事が終わった後に一緒に作ってもらえないかとお願いした。

……まあ、困惑してたよね。

前回のプリンの時もなんの気の迷いだと思われていただろうけど。

「私がお手伝いをするのは全く問題ありませんが……、本当に蓮様がお作りになるのですか？　西園寺家のご子息様にお怪我などさせては申し訳が立たないのですが……」

と言われたので『怪我をしないようについていてもらうのだし、仮にそれで怪我をしたとしても料理長には責任がいかないようちゃんとフォローする』と念押しして、なんとか手伝ってもらえることとなった。

そんなこんなで。

週末の夕食後に料理長にオーブンの使い方を教えてもらいながらシュークリームを焼き、焼いている間にカスタードクリームを作って明日食べられるように冷やし。

ひと通り片付けが終わる頃には、まるで師匠でも見るような眼差しで「蓮様……！　このレシピ、私にも教えていただけませんか……！」と料理長からレシピの伝授を頼まれたので、手間賃がわりに快くレシピを渡したのだった。

――翌日。

離れにある共有の勉強部屋で、テーブルの上にどんと置かれたシュー皮とカスタードクリームを前にした白百合と菊華が、あんぐりと口を開けていた。

「にいたま、これなあに？」

菊華が、くいくいと俺の洋服の袖を引っ張りながら尋ねてくる。

「うん、これはね、シュークリームだよ」

「しゅー、くいーう？」

「と言っても、まだ完成じゃないんだけどね。ほら、ちょっと見てて」

そう言うと俺は、絞り袋に入れたカスタードクリームを握り、半分に切ったシュー皮の上にたっぷりとクリームを絞り出す。

　そうして、蓋になるシュー皮を乗せて、と。

「ほら、これで完成」

「ふぉ……！」

「わぁ……」

　菊華と白百合の二人が、完成したシュークリームを見てきらきらと目を輝かせる。

「はい、白百合。こっちは菊華ね」

「ありがとうございます」

「ごじゃましゅ」

　白百合の分と菊華の分、それぞれにシュークリームを作ってやり、一人ずつ渡してあげる。

　そうして、二人同時にぱくりとかじると――。

「ふにゃ……！」

「美味しいです……！」

　二人ともが、口にした瞬間そろって俺の方に目を向けたので、息の合った動きに思わずふふっと笑ってしまった。

「ふふっ、よかった」

「これは……、お兄様が作ったのですか？」

「そうだよ。片手間の手習いだけどね」

「手習い……？　これが……？」

俺の言葉に驚いたようにテーブルに置かれたシュー皮とカスタードクリームを見る白百合だったが、その驚きも菊華の「もっとためたい……！」という言葉にかき消され。

「食べるのはいいけど、今日は二人に仕上げを手伝ってもらおうと思ってね。……白百合。僕がクリームを乗せていくから、その上に蓋をしていってくれる？」

「はい、お兄様」

「にいたま、きっかは？」

「菊華には、最後の大事な仕上げがあるから。一番大事な仕事は菊華の仕事だからね」

「ふぁい！」

そう言って、俺がひと通りシュー皮の土台の上にクリームを絞り、白百合がシュー皮の蓋を乗せていった後。

最後に、蓋をせずに残しておいたふたつを二人の前に置き、「ジャジャーン！」と最後の隠し球を取り出した。

「あ、いちお！」

そう、苺だ。

まだ舌足らずな菊華は、いちごの〝ご〟がちゃんと発音できず、『一応』みたいなことになっているが、まごうかたなく苺です。

「手伝ってくれた二人には、ご褒美」

「きっかいちおすき！」

「知ってるよ。だからご褒美なの」

言いながら、きらきらと苺を見つめている菊華の口の中に、小さくカットした苺を一切れ突っ込んでやる。

それからカットしたその苺たちを、シュー皮に盛り付けたカスタードクリームの上に乗せていく。

「よし、じゃあ菊華、最後の仕上げ」

そう言って菊華に向かってにっこりと笑った俺は、用意しておいた粉糖を入れた茶漉(ちゃこ)しを菊華に持たせて、一緒にふるふるとシュークリームの上で振るった。

「はい、完成」

「「わぁ……」」

俺の言葉に、白百合と菊華が声を揃えて歓声を上げる。

ふんわりと粉糖を纏ったことで、よりいっそう美味しそうに見えるようになったシュークリーム。

そうしてその日は、出来上がったシュークリームを普段から親しくしている使用人と手伝ってくれた料理長に渡しに回った後、三人で仲良くお茶と共に味わった。

口の周りをクリームでべたべたにする菊華の顔を拭きながら、「みんなでつくうと、おいちーねえ!」と笑う菊華に、俺も白百合も幸せな気持ちになったのであった。

我が家に来た当初は、慣れない環境でどこか及び腰なところがあった菊華も、三ヶ月も経つとだいぶのびのびと過ごすようになった。

子供らしくついはしゃぎすぎるのを、時折白百合や俺に窘められながらも、けらけらと笑いながら走る姿は太陽そのもので。

そのうちに段々と、西園寺家を照らす小さな太陽を、使用人たちも微笑ましく見つめてくれるようになっていった。


「――白百合が風邪？」

「はい……。お医者様にも見ていただきましたが、数日は安静が必要かと」

おそらく、色々と気疲れが溜まっていらしたのかもしれませんね、と。

様子を見てくれた家政婦長のセツさんが、白百合の部屋から出てくるなり、俺にそう教えてくれた。

「にいたま……。ねえたまだいじょおぶ？」

「うん。でも姉様はお熱であちちだから、今日は菊華は兄様と一緒に遊ぼうね」

今日から連休だというタイミングで風邪を引いてしまったらしい。

たしかにこの数ヶ月間、母親の死から始まり、継母と菊華の登場と相次いで、五歳の白百合には環境の変化も大きかったものな……。

それがようやく一段落したところで、どっと疲れが出てしまったのかもしれない。

朝食の席に来られなかった白百合を心配して、菊華と手を繋いで白百合の部屋の前まできたところで、こうしてセツさんから熱で伏せっているという話を聞かされたのだ。

「ねえたま、いたいいたい？」

「うーん、どうかな……。痛い痛いかもしれないし、おからだはちょっと辛いだろうね」

「………」

俺がそう言うと、菊華が眉を八の字にして、少し考え込むような様子を見せる。

それから急に、てててて！　といずこかに向かって少し駆け出し、ぴたりと止まって振り向いたかと思うと、

「にいたま、こっち！」

と俺を呼ぶ。

「え、なに？」

なんだろうと思いながらも、菊華がててて駆けていくのを後ろからついてゆき、やがて屋敷内の庭の片隅まで連れて行かれると――。

「にいたま、こえ」

と、庭に咲いている花を指差し、追いついた俺の手を握ってくいくいと引っ張る。

「これ？　どうするの？」

「おみまぃ」

………。

なるほど……。

どうやら、白百合へのお見舞いにお花をあげようと思ったらしい。

「うーん……。その発想と気持ちはものすごく褒めてあげたいけど、さすがにこれを勝手に取ると庭師のおじさんに怒られちゃうかな……」

まあ、頼んだらくれるかもしれないけど。

頼んでみる……？

と思ったところで、ふと投げかけた目線の先で、庭先に咲いている白い花が目に留まった。

「あ、菊華。あれならいいよ」

そう言うと俺は菊華と手を繋いだまま、その花が群生する場所まで、とことこと歩いていく。

「にいたま。こえ、なあに？」

「これはね、シロツメクサ、って言うんだ」

「しおちゅめ、くさ？」

舌足らずなしゃべりで俺の真似をしようとする菊華が、隣に屈んで首を傾げながらまじまじとシロツメクサを見つめる。

「ちょっと待ってて」

そう言って、あたりに咲いているシロツメクサをぷちぷちと摘むと、そのまま摘んだシロツメクサを重ねては巻き、重ねては巻きを繰り返し、だんだんと束にしていく。

俺が何を作っているのかがさっぱりわからない菊華は、興味深そうに俺の手元をずっと見ていたが、やがてそれがある程度形になった時「ふぁ……」と小さく声を上げた。

うんうん。暫くぶりだから作り方を忘れているかと思ったけど、まだ全然大丈夫だったな。

束ね合わせたシロツメクサの、輪の継ぎ目の部分を綺麗に見えなくなるように始末すると、綺麗な花冠が出来上がった。

「菊華」

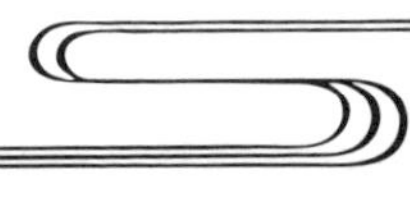

出来上がった花冠に目を輝かせる菊華を、ちょいちょいと手招きする。

そうして、近づいたところで花冠をポンと頭に乗せてやると、菊華は自分の小さな両手を頭に向かって伸ばして、そこに花冠が存在することを何度も触れて確認しようとする。

そうして、庭にある池で水面に映った花冠をしている自分の姿を確認すると、驚きと喜びの混じったような表情でこちらにくるりと振り返った。

「可愛い。よく似合ってるよ、菊華」

こっちを振り向いた菊華に俺がそう言うと、言われた方の菊華はぱあっと花が咲いたみたいに笑った。

再び、てててて っ！　と俺に向かって駆けてきては、ぴとっと俺にくっつき「にいたま」と言って俺を見上げてくる。

「なに？　菊華」

「あのね、こえね。にいたまのぶんとねえたまのぶんもつくって」

——あ、はい。

俺、自分の分も作るのね……。

そう思って、苦笑しながら「いいよ」と答えた後に、

「……こういう時はなんて言うんだっけ？」

と菊華に尋ねる。

「ありがとごじゃましゅ」

「違うでしょ。〝お願いします〟でしょ」

「おねがしましゅ」

「ん。よく言えました」

ちゃんと正解を言えた菊華を俺が褒めると「ふへっ」と菊華が嬉しそうに笑う。

それから、俺がシロツメクサの花冠を作っている間に、菊華には四葉のクローバーを探させた。

――四葉のクローバーを見つけるといいことがあるんだよ。菊華が見つけて、『姉様が元気になりますように』ってお願いすると願いが叶うかもね――。

菊華にそう教えると、ものすごく真剣に四葉のクローバーを探し始めたので、可愛いなあと微笑ましく思いながら花冠を作った。


「ねえ、にいたま。きっかもはいりたい」

「だーめ。菊華はそこで待ってて」

セツさんが、白百合のための昼食と薬を持って入るタイミングを見計らって、一緒に白百合の部屋に入れてもらった。

菊華も入りたいとゴネたが、万が一でも風邪が移って菊華まで体調が悪くなってはいけないので、扉の外で待たせた。

「――白百合、調子はどう?」

「……お、にいさま……」

俺の声を聞いた白百合が、目を開けて寝台の隣に俺がいるのを確認するように見つめてくる。

「休ませてもらったおかげで……、少しだけ楽になりました……」

「無理しなくていいから。体調が悪いときはゆっくり休んでね」

「……はい」

ありがとうございます、と答える白百合に「あとこれは、僕と菊華からのお見舞い」と言って、白百合の眠る寝台の横に、作ったばかりのシロツメクサの花冠と、菊華が摘んだ四葉のクローバーを置いた。

「菊華がね、早く姉様が元気になりますように、って」

「菊華ちゃんが……」

そう言って、白百合は枕元に置かれたシロツメクサの花冠と四葉のクローバーを目に留めた後、部屋の入り口の陰で、心配そうにこっそりと白百合を見つめる菊華の姿を目にした。

「……お兄様。私のわがままをひとつ聞いてくださいませんか？」

「なに？」

「お部屋の外からでいいので、私と菊華ちゃんに、ご本を読んでもらえませんか？」

眠りにつく間に、お兄様が読むお話を聞きたいのです、と。

「わかった。いいよ」

「……ありがとうございます……」

そう言って、熱に浮かされながらもにっこりと笑う白百合に。

「蓮様。白百合様にそろそろお食事を召し上がっていただきたいので」

そろそろよろしいですかとセツさんが促してきたので、ありがとうと礼を言い、白百合の頭をひ

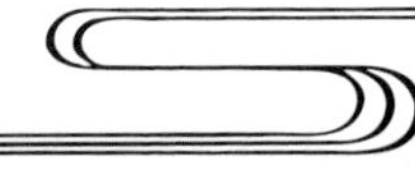

となでしてから部屋を出た。

「むかーしむかし、とても美しくてやさしい娘がいました。でも悲しい事に、娘のお母さんは早くに天国に行ってしまいました。そこで、お父さんが二度目の結婚をして……」

「にいたま。なんでこのおねえたまはいじわうなの？」

白百合の部屋の前でシンデレラの読み聞かせをしていたら、俺の太ももを枕がわりに頬杖をつく菊華が純粋に不思議そうに尋ねてくる。

「……そうだね。仲良くすればいいのにね」

「きっかちゃんのおねえたまは、やしゃしくてよかったねえ」

にこにことそう言いながら、「にいたま、ちゅぎ」と先を読めと促してくる。

こいつ、ほんとにマイペースだな……。

こちらのやりとりが聞こえたのか、マイペースすぎる妹に部屋の中からくすくすと笑い声を漏らした白百合の、笑ったと同時に咳き込んだ声が聞こえてくる。

結局その後、しばらくして菊華は俺の太ももを枕に眠ってしまい。

「ええと、ある日のこと、お城の王子様が……」

室内の白百合の気配も静かになったのを察した俺は、そのまま自分用に持ってきていた本を読んでその日を過ごした。

最終的に、気付いたら俺もうとうとしてしまい、目が覚めた時にはおそらくセツさんがかけてくれた毛布にくるまってうたた寝をしていたのだが。

――これは、そんな普通の平和な、ある日の我が家の話だ。

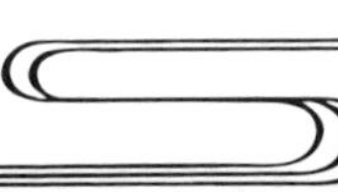

第四章　はじめての夏休み

「……お前って、学内にいる時はいっつも勉強してるんだな」

放課後。

授業が終わって、今日も特に用事もなく俺のところにやってきた蒼梧が、図書室に行って勉強すると言う俺についていきて、片肘をつきながらそう呟く。

「ガリ勉か？」

「……違うよ。うちには妹が二人いるから、家に帰るとあまり集中して勉強ができないの」

夜は二人を寝かしつけるため早々に寝ることになるし、帰ってすぐに勉強をすればいいんだろうけど、なんとなく同じ空間に白百合と菊華がいると思うと集中できないため、帰る前に学苑内の図書室で勉強するのが一番捗(はかど)るのだ。

「お前、妹が二人もいるのか」

俺の言葉に驚いたように軽く身を浮かせた蒼梧に、

「まあね」

と軽く答える俺。

一人は母親が違うけど、と心の中で思うが、それを口にしたところで蒼梧を困惑させるだけなので心のうちにとどめる。

それに、誰に何を言われようが、異母妹だろうがなんだろうが、俺にとって菊華はもう妹なのだ。

妹であることに変わりはないので、いちいちそんなことを言及せずとも別にいい。

——そんな思いは、別に表には出していなかったつもりなのだが。

「……悪い」

と、おそらく蒼梧もそこで、我が家の家庭事情が複雑であることに思い至ったのだろう。

一瞬、ハッとした空気を見せた後、バツが悪そうな表情で、短く謝罪の言葉を口にした。

「別に、謝られることなんてないよ」

蒼梧に悪意があって口にしたことではないのはこっちもわかっているし。

自分の複雑な家庭事情を蒼梧に慮(おもんぱか)ってほしいわけでもなかった。

俺の中では〝妹が二人いる〟というのは単に事実としてそこにあるだけで、その裏には確かに、実母の死や早すぎる継母の登場、父の不貞など——余所から見たら同情すべき出来事もあるかもしれないけれど、そこに対して気遣いを持って接してほしいなどという気持ちもさらさらない。

そんなことを、どこか冷めた気持ちで思っていたら、

「……蓮は、大人なんだな」

と蒼梧に言われた。

「……そうかな」

——ああ、でも。確かにそうか。

もしも俺が、今ここにいる世界が『しらゆりの花嫁』の物語の中だと知らず、普通の九歳の少年としてこの現実を受け入れなければならなかったとしたら。

……こんなに冷静には受け止められなかっただろうな。

きっと、原作の西園寺蓮もそうだったのだ。

大好きだった母親が亡くなり、悲しみも癒えないうちに継母が現れ、母親違いの妹という存在によって父の不貞を知り。

やるせない気持ちになるのも当たり前だ。

西園寺の家の中も、もっとぎすぎすしていたのだろうなあ――と考えたら、同時に今の幸せいっぱいな妹たちの様子や使用人たちのいる家の空気と比べてしまって、少しだけ原作の西園寺蓮に同情的な気持ちになった。

「……おい、どうしたんだぼおっとして」

「あ、うん」

どうやら、物思いにふけっているうちに、自分の世界に入ってしまっていたらしい。

蒼梧に大丈夫かと問われて、ぱっと意識を現実に戻した。

そうして、言い訳をしようと思ったわけでもなかったが、

「家はね、嫌じゃないよ。妹も可愛いし」

とするりと口をついて出た。

「仲がいいのか。妹とは」

「うん。妹のことは好きだよ。どっちも」

俺が迷いなく答えると、蒼梧は「……そうか」と言い、それきり特に何も言うことなく黙り込んだ。

それ以来、蒼梧は放課後になると、黙って勉強道具を手に俺についてきて、なぜか一緒に勉強するようになった。

一学期が終わって渡された成績表は全て『甲』。

華桜学苑の成績表は【甲乙丙丁（こうおつへいてい）】でつけられる。

甲が一番良くて、丁が一番悪い。

俺が覚醒する前の西園寺蓮の成績はほとんどが乙か丙だったので、ここまであげれば上々だろう。

これに関しては間違いなく、何も言わずにさりげなく勉強を手伝ってくれた蒼梧のおかげだった。

なんだかんだ蒼梧とも一悶着あったが、結局のところ俺もこいつがいなければ、この学苑でずっと一人だっただろう。

そう思うと、蒼梧との関係を築けたことは、俺にとっても得難いことだったのだ。


——そうして、一学期を締める終業式の日。

その日、改めて蒼梧に、

「一学期はありがとうな。休みの間も元気で過ごせよ」

と礼を告げると、

「ああ、お前もな。また新学期に」

と肩を叩かれた。

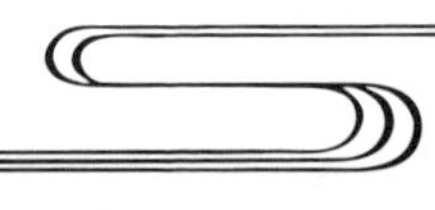

互いに挨拶を交わして別れたのだった。

それが、華桜学苑の一学期の終わりであり。

長い夏休みの始まりの合図だった。

西園寺家は夏、本来なら避暑地にある別荘で過ごすというのが毎年の通例なのだが。

今年は母の喪中期間ということもあり、大々的な移動は控え、屋敷で過ごすこととなった。

「喪中を重んじるのもわかりますけれど……。猛暑で体に不調をきたすのもよろしくないのではありませんの？」

と、暑い都会を離れ、避暑地に行きたいのであろう早苗さんが父にそれとなく進言したが、

「どうしてもというのならば君だけで行くがいい」

とすげない答えを返した父に、早苗さんはすごすごと引き下がった。

ここで喪中を気にするなら、喪中のタイミングで後妻を受け入れるなよ！　という内心のツッコミもあったが、まあそこは子供にはわからない大人の事情もあるのだろうと思って黙っておいた。


夏休みの間は学苑と同じく幼稚舎も休みだ。

必然、白百合や菊華も、ほとんど一日を屋敷の中で過ごすようになる。


はい。みんな大好き、かくれんぼです。

ん？　今何をしているかって？

そう言いながら、自分の部屋の机の下から出て、よいしょっ、と立ち上がる。

「あー、見つかっちゃったかー」

「にいたまみーっけた！」


「ん！」

そう言って菊華が、手を繋げとこっちに向かって手を伸ばしてくる。

一緒に探せってことですね。

「はいはい」

そう思いながら菊華の手を握り返し、手を繋ぎながら二人で廊下を歩く。

「ねえたまー」

あとはまだ白百合が見つかっていないので、菊華がてちてちと白百合を探して歩き出す。

「ねえたまー、どこー？」

呼んだとてかくれんぼなので出てくるはずもないのに、きょろきょろと白百合を呼びながら歩く
菊華はいつもどおり可愛かった。

……白百合、かくれんぼうまいんだよなあ……。

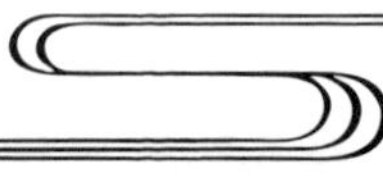

三人でかくれんぼをするようになったのは夏休みに入ってからだが、実際に遊んでみて、白百合の隠密スキルの高さがめちゃめちゃ高いことに舌を巻いた。

ドアマットヒロインの特性なのだろうか。

気配を消すのが異常にうまい。

あまりにうまいので、菊華が鬼の時に一度だけ白百合に付いて隠れたことがあるのだが、白百合がうまいのは一旦隠れたあとその場でじっとするだけでなく、鬼の死角を突いて静かに場所を移動し、鬼が既に探した場所に身を潜めるという行動がとれることだった。

先行する白百合が中腰でこちらを振り返り、移動するということを俺に向かって手振りで示してきた時、ハンドサインかというほどの手練れ感を感じた。

……プロ？

しかし、そんな白百合も、妹相手に本気を出すのは大人気ないと思うのか、大抵は俺が見つかったあとにあまり探索時間を長引かせないよう、適度なタイミングでヒントをくれる。

案の定いまも、背後の洋簞笥の中から、トントン、と小さく扉を叩く音が聞こえた。

「……菊華。いまあっちからなにか聞こえなかった？」

「ふぇ？」

対する菊華は、どこまでも鈍い……。

俺の「なにか聞こえなかった？」という問いかけに、何のことかね？　と小首をかしげる。

「うーん。その洋簞笥辺りが怪しくない？　菊華あけてみてよ」

「あい……」

そう返事をすると、菊華がへっぴり腰で箪笥に近づいていく。

いや……、おばけが出るわけじゃないんだから……！

「あー！　ねえたまみーっけた！」

「あらら、見つかっちゃいました」

菊華が箪笥を開けると、その中で小さくしゃがんでいた白百合がうふふと首を傾ける。

「菊華ちゃんは探すのが上手ですねえ」

「えへへー」

いやいや、むしろそうやって自分の凄さをひけらかさず、妹を立てて気分良くさせてあげるあなたのほうがおだて上手でしょうよ、と思ったのは心の中だけにとどめておく。

「こんどはにいたまがおにー！」

かくれんぼがよっぽど楽しいのか、すっかり上機嫌な菊華が満面の笑顔でそう言ってくる。

はい、そうですね。

さっきは俺が一番に見つかったから今度は俺が鬼ですね……。

「じゃあ、三十数えるから、その間に……」

と言った側から、菊華が「わー！」と白百合の手を引きながら、きゃっきゃと隠れに行った。

早っや……！

まだ数え出してもいないのにいずこかへと消えていった菊華を見て、思わず呆気に取られた。

よっぽど楽しいんだろうなあ……。

幼稚舎でもかくれんぼはやるらしいが、やる時は屋外でしかやらないのだそうだ。

だから、同じかくれんぼでも家の中でやってもいいというお許しをもらい、いつもと違う環境でできるのがワクワクして楽しいのだろう。

——たかがかくれんぼと思っていたけれど、こんなに楽しんでもらえるならやってよかったな。

そんなことを思いながら俺は、軽く息をついてから、一から数を数え出したのだった。


「もーいーいかーい！」

——もーいぃーよー！

数を数え終わってしばらく。

俺がいずこかへと向けて大声で呼びかけると、どこからともなく妹たちの返事が聞こえてくる。

優柔不断な女子たちは、三十秒というルールを設けても結局は時間内に隠れきれないので、こうして数え終わった後も準備ができるまで待ってあげなければいけないのだ。

「さーて、じゃあ誰から見つけようかなー」

隠れている妹たちに聞こえるように、あえて大きめに声を出す。

こういうのも、状況を盛り上げるための演出のひとつだよね。

今日最初に三人でかくれんぼを始めた時も俺が鬼だったのだが、その時は菊華が『頭隠して尻隠さず』を素(す)でやっていたので、見た瞬間に思わず吹き出してしまった。

カーテンに体を隠そうとしているのだろうが、おしりがぴょっこりレースカーテンから透けて見える。頭はカーテンの陰に隠れているのだが、頭が隠れたことに安心したのか、隠れていないお尻がもぞもぞと動いているのが丸見えで。

「あれえ、この辺な気がするけど、どこかなあ？」と声を出すたびにぴくぴく反応するのが楽しくてつい遊んでしまった。

それでも、回を増すごとに少しずつ隠れるのも上手になってきてるから、さて今度はどこだろう──、と思った時だった。

「菊華！　こんなところで何をしているの!?」

早苗さんが、菊華に向かって叱責しているであろう声が聞こえてきた。

──しまった。

こんなことにならないよう、隠れる場所は離れと母屋につながる渡り廊下までと決めて遊んでいたのだが。

早苗さんの声のする場所に急いで向かうと、そこには険しい顔で菊華を叱る早苗さんと、今にも泣きそうな表情の菊華が対峙していた。

「──早苗さん」

「にいたまぁ……」

俺が早苗さんに声をかけると、早苗さんが警戒するように顔を顰める。

「蓮様。これはいったいどういうことですの？」

「どういう……、とは？」

からかいでも挑発でもなく、早苗さんが一体何に対して怒っているのかがわからなかったため、そのままストレートに問い返す。

「たまたま通りかかってみれば、菊華が廊下の片隅でダンゴムシのように丸まっているのですよ？

こんな姿……、まさか余所様でもお見せしているのではないでしょうね？」

………。

菊華が、ダンゴムシのように丸まっている姿を思い浮かべて、ちょっと面白いと思ってしまった。

いや、いかんいかん。今は早苗さんの前だ。

にゅっと緩みそうになる口元をきゅっと引き締める。

「すみません、ちょうど三人でかくれんぼをしていたのです。おそらく、隠れようとして身を縮めていたんでしょう」

余所でそんな姿を見せているかどうかはわからないが――、いや、なんとなく見せていそうな気もするが。四歳児のそんな姿を見たとて、子供だからと思われて終わりだろう。

こちらとしてはその程度の感覚でしかないことではあるが、早苗さんはやたらとそういった外聞を気にするのだ。

まあ……、わからなくもないけどね。

公爵家に後妻で入った早苗さんとしては、娘の挙動で自分の評価を落としたくはないのだろう。

「……この子、もう五歳にもなりますのに。あんまり子供じみたことばかりさせないでいただきたいですわ」

――ん？

早苗さんの言葉に、ふと引っ掛かりを覚える。

「あの、早苗さん。菊華は五歳になったんですか？」

俺の言葉に、早苗さんは一瞬何を聞かれたのかわからないというように眉を顰（ひそ）めて見せる。

「蓮様。この子は、数えではとっくに五歳ですわよ？　満年齢だとしても、先週五歳になりました」

先週五歳に——。

……先週？

「……あの。誕生日とかは祝わないんですか？」

「誕生日？」

俺からそう問われた早苗さんは「一体蓮様は何を仰ってるの？」とでも言いたげな表情で。

彼女のその反応に。

——最初は、てっきり俺は、早苗さんが娘の誕生日も祝わないような薄情な親なのかと胸中をざわつかせかけた——が。

早苗さんの反応を見ると、なにか違うような気もした。

「あの、ちょっとすみません。急用を思い出したので失礼します」

そう言って、俺は菊華を抱き上げると、一目散にその場を後にする。

「にいたまぁ……」

「ちょ……、蓮様！」

早苗さんが背後から呼びかける声が聞こえてきたが、振り返らなかった。

「白百合！　ちょっと休憩！」

「はい、お兄様」

俺が呼びかけると、白百合が無音で引き戸付きのキャビネットの中からすっと現れた。

……忍者かと思ってちょっとびっくりしたよね！

「あのさ、聞きたいことがあるんだけど。白百合は、自分の誕生日をお祝いされたことってある？」

「誕生日、ですか？」

「うん」

俺の質問に、白百合がことりと小首をかしげる。

「誕生日……をお祝いされることは、今までになかったと思います」

「……そう」

ふと抱いた疑念が、段々と確信に近づいていく。

白百合は――、同年代の中でもしっかりしている方だし、記憶力もだいぶいい方だ。

その白百合が、誕生日を祝ってもらったことがないという。

俺が耳にした情報を無言で整理していると、白百合が心配そうに「あの、菊華ちゃんは、大丈夫ですか？」と案じてきた。

「先ほど、お継母様が菊華ちゃんを叱る声が聞こえたので……」

そう言われて、俺はまだ、菊華を抱っこしたままだったのを思い出した。

「ああ、大丈夫だよ。かくれんぼしているところを見られちゃって。間が悪かっただけだよ。ね、菊華？」

そう言って腕の中の菊華に声をかけるが、かけられた方の菊華はまだどこか浮かない顔だった。

「…………」

あれから。

俺は菊華を抱え白百合を連れたままセツを探して屋敷をうろつき回り、ようやく見つけた先でそう切り出した。

「ねえセツ。聞きたいんだけど」

「……どうなされたのですか、蓮様」

ちなみに、当初俺はセツのことを『目上の人だし……』と思い〝セツさん〟と呼んでいたのだが、ある日何気なく本人に向かってそう呼びかけたら「……どうなさったのですか蓮様。今まで、『セツ！　セツ！』と呼んでいたのに急に……」と訝しげな顔をされたので、今では呼び捨てである。

セツに言わせれば、『西園寺家の次期当主となられる御方が、使用人ごときにさん付けなどあるまじきこと』らしい。

おっと、話がそれた。

「誕生日って、普通お祝いしないもの？」

――そう。

誕生日は普通、お祝いをするものである――という意識。

その意識自体が、根底から食い違っているのではないかという、俺の推測。

問われたセツは、先ほどの早苗さんと同じような「蓮様は何を妙なことを聞くのだろう……？」と見てとれる反応を示した。

「……そうですね。あまり、誕生日を祝う、という話は……セツは耳にしたことはございませんが」

——なんと。

というか、やはりそうか。

学苑でそういったことが流行っているのですか？　と尋ねてくるセツからは、嘘をついていたり誤魔化そうとしている様子は全くない。

なるほどね……。そういうことかあ……。

あれだ。さっき早苗さんが言った時にも引っかかったんだけど。

この時代、満年齢ではなく数え歳で年を数える方が一般的なんだ。

たぶんあれだよね？

この後どっかで法改正とかがあって年齢の数え方が満年齢基準になるようになるんだよね？

だからあれだ。

そもそもの『誕生日を祝う』という風習自体がないんだわ。この時代。

まあ、そんな余裕のある家庭の方が少ないってことなのか。でも。

う～ん……。

……気付いちゃったからには、この可愛い妹たちの誕生日を祝いたい気もするし……。

ていうか、菊華に至っては直近で過ぎたばっかりなんだけど。

やっちまったなあ、と思いながら妹たちを見つめると、二人とも「お兄様、どうしたんだろう？」というようなきょとんとした目でこちらを見ていた。

——さて、そんなわけで。


「ふぁ……！」

「わぁ……」

やってきました。百貨店に。

セツに頼んで、白百合と菊華と一緒に、百貨店に連れてきてもらったのだ。

初めて見る、大きくて洒落た建物の前に、白百合と菊華が車の中から目をきらきらさせて見上げていた。

この夏休みは喪中のために避暑地にある別荘にも行かないという話になっていたし、『妹たちをどこかに連れて行ってあげたい』と思っていたのとも折良かった。

「おちろみたい……」

どうやら、お城のようだと言いたいらしい。

白百合に手を繋いでもらった菊華は、まるで夢の世界にでもいるような様子できょろきょろとあたりを見回していた。

ここに来たのは、白百合と菊華の誕生日プレゼントを買うためだ。

とはいえ、九歳が使えるお小遣いなどたかが知れている——というかお小遣いなどもらったこと

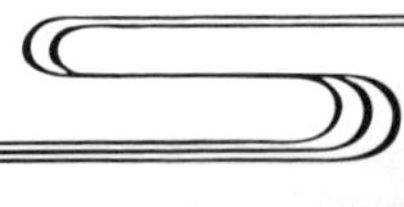

もない。

必要なものがあればセツに頼んで買ってもらうか、もしくは必要な分だけお金をもらう。

これまでそれで事足りてきたのだ。

実際いままで、勉強関係か書籍以外にお金が必要になることがなかった。

なので、今回もそのつもりで、子供のお小遣い程度で買える程よいプレゼントを——と思ってここまで足を運んできたわけなのだったが。

「にいたま！　あえ！」

皆で百貨店の中を並び歩き、おもちゃ売り場に近づいた瞬間、菊華が俺の袖をくいくいと引いた。

菊華に袖を引っ張られてたどり着いた先——。

それは、くまのぬいぐるみだった。

いわゆる、テディベアと呼ばれる、西洋のくまのぬいぐるみ。

「お客さま、お目が高いですね。こちらは先日入荷したばかりの輸入品でして……」

ちょうど店頭に出たばかりで、一点しか取り扱いがないのです——、と店員が調子良さそうに話しかけてくる。

「くまたん……」

あ、やばい。

さっきよりも三割増しくらいで、菊華の瞳がきらきらしている……。

いくらなんだろう、と思って店員に値段を聞いたら、目ん玉が飛び出た。

は!?　高っか！

そりゃそうだよね！　輸入品だもんね！

え……？　これ、小遣いで賄(まかな)えないでしょ……。

そう思いながら菊華に、

「菊華、それはちょっと……、また今度にしようか」

と言ったら、途端に菊華が悲しげな顔になって瞳をうるうるさせる。

いや……！　買ってあげたい気持ちは山々なんだけれども！

特に今日、俺がかくれんぼしようって言い出したせいで早苗さんに叱られて、落ち込ませてしまったこともあるし……！

喜ばせたい気持ちは十分にある！　だけど……！

と、俺が「ぐぬぬ……！」という思いで一人苦悩している横から。

「ようございますよ蓮様」

思わぬ助け舟が出たのだった。

「旦那様から、蓮様の最近の日頃の行いに対してと、一学期の成績で結果を上げたことに対して、褒美を与えるようにと仰せ付かっておりますので」

これくらいの金額であれば、褒美の範疇としてもよいのではないかと思いますよ——と。

「え、いいの？」

「はい。蓮様がお望みなのでしたら」

え、いいの？　ほんとに——？

しかし、ここでもうひとつ気になったのは、これを菊華に与えるとなると、白百合の誕生日はど

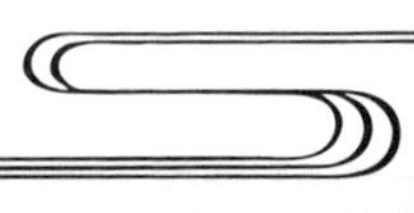

うするんだよという話である。

ちなみに、白百合の誕生日は二月なので、これまたとっくに過ぎていた。

「……菊華。買ってもいいけど、菊華にだけ買うんじゃなくて、白百合と二人でひとつだよ？　それでもいい？」

「あい！」

くまのぬいぐるみにしがみつきながら、きりっ！　と元気よく返事をする菊華。

……ほんとにわかってるのかなあ？

「お兄様。私のことでしたら、お母様から頂いたお人形がありますから……」

俺の言葉に、そう言って白百合が遠慮がちに申し出てくるけれども。

聞き分けが良すぎでしょ！

やめてよ！　そっちの方がむしろお兄ちゃん心配だわ！

いつか溜まった我慢が爆発して大変なことにならないか心配になるわ！

あ、いやでもならないか？　もともと耐え忍ぶ宿命にある悲劇のヒロインキャラだし……。

——でもだめだ。

「ダメです。最初にちゃんと話したでしょ？　楽しいことはちゃんと二人で分け合うって。仲良く分け合えないなら買わないよ。菊華、わかってる？」

俺の言葉に、菊華がふんすふんすと力強く頷く。

……大丈夫かなあ？

正直、半信半疑ではあるけれど。

そうして結局は、「じゃあ、頼んでもいいかな？」とセツにお願いして、菊華念願のくまのぬいぐるみを購入することとなったのであった。


——結論から言おう。

「くまたん！」

と言って、にっこにこのご機嫌でぬいぐるみを抱きしめる菊華は、見ているこっちが幸せになるくらいに可愛かった。

そして——。

「菊華、約束でしょ。自分だけで使わないで、ちゃんと白百合と半分こだよ」

と言うと、

「あい。……ねえたま」

と、心配していたよりもあっさりと白百合にくまのぬいぐるみを渡した。

「え、いいんですか？」

「ん」

菊華が、にっこにこな笑顔のままで白百合にぬいぐるみを差し出す。

それを受けて、白百合がそろそろとぬいぐるみに手を伸ばすと、その時になって初めてぬいぐるみに触れたことで思った以上にくまの手触りがよかったことに驚いたのか「わ……、ふわふわ……」と小さく呟いた。

そうして、ほんのりと頬を染めて、

「……かわいいですね……」

と呟く白百合に。

何言ってんだよ！　そう言ってる白百合の方が一千倍可愛いわ!!

と心の中で叫び散らす俺なのであった。


しかし、その夜——。

「……暑い」

寝る時もぬいぐるみを手放さない菊華が、ぬいぐるみを抱いたままますやすやと寝息を立て始め。

その寝顔はまさしく天使のように実に愛らしくて、微笑ましく見つめていたのだが。

——今、夏だよ？

それでなくても冷房がないこの時代。

毛むくじゃらのぬいぐるみと一緒に寝るの、耐えられないんだけど……。

三人の真ん中で寝ている俺に、菊華がぬいぐるみを押し付けてくるので、余計暑さも極まって。

てか、菊華も寝汗かいてるじゃんか。

軽く起き上がってぬいぐるみ越しに見たら、外からもれ入る薄明かりに、微かに汗ばんでいる菊華の額が見えた。

結果、夜のうちに、ぬいぐるみはいったん洋簞笥の中に回収しました——。

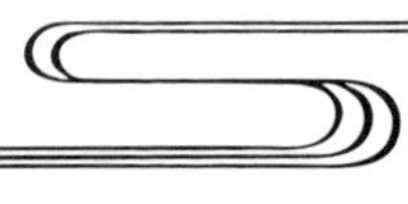

「くまたん～～～！」

「……あのね菊華。くまたんは、くまたんの寝台で寝るの」

だから、くまたんといるのは日中遊ぶ時だけで、寝る時は寝台に寝かせてあげようね——？　と。

朝からくまたんを探して騒ぎ立てる菊華に、寝ぼけ眼でそう説明した。

いやいや、これからますます暑くなるのに無理だよ！

脱水症状起こすか睡眠不足でやられるかどっちかだわ！

そんな大人の事情は押し隠しながら、家にある物でくまたんの簡易寝台を作ったら、とりあえずそれでくまたんとの同衾は免れることができた。


そして、とりあえず来年以降は、誕生日プレゼントはもっと簡素な物で行こうと思った。

言っても俺まだ、小学生だから……。

自分でお金が自由に使えるようになるまで、小学生らしい誕生日をひっそりとお祝いしよう……。

そう、心に決めたのであった。

第五章　勉強の秋、遠足の秋、そして運動の秋

俺が、【西園寺蓮】の中で俺として覚醒してまだ半年ほどだが。

このまま行くと、なんとなく破滅回避はできるのでは？　という見通しが早くも立ってきたような気がする今日この頃。

しかし人生、どこに落とし穴があるかわからない。

先日の百貨店での買い物で、自分で自由に使えるお金が意外と無いということにも気付いた。

欲しいものがあれば、セツに頼めば工面してくれるだろうが、問題はそういうことではない。

——お金。

兎にも角にも、生きていくためには必要な物である。

またこれから先の時代の流れを考えていくと、いずれ無くなってしまう可能性のある【華族】という立場にあぐらをかいているだけではなく、自らお金を生み出す知識と知恵が必要だと思った。


「父様。少しよろしいですか？」

ある日、考えていたことを実現に移すべく、思い切って父の書斎に相談に行った。

「どうした」

「実は、事業について勉強をしたいと思ってご相談にきました」

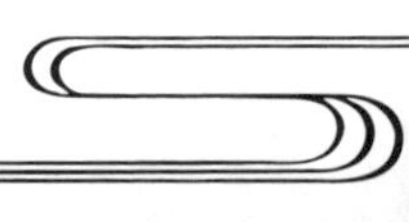

「……事業？」

「はい」

現在、西園寺家の家計のほとんどは、我が家の家令が握っている。

家令とは、主に華族の家の事務・財政・使用人たちを取り仕切る役割を持つ者だ。

当主がさほど優秀ではなくても、家令が優秀であれば家は立ち行く——という話さえ聞いたことがある。

我が家も然（しか）りで、父が自らの職務に従事する傍（かたわ）ら、西園寺家の財政は家令の吉澤（よしざわ）がほぼ全てを管理していた。

「お許しいただけるのであれば、家令の吉澤から、我が家の事業について学ばせていただけないでしょうか」

「……勉強熱心なことには感心するが、お前が事業を学ばずとも、もっと将来的に役立つ政治的なことを学んだ方が良いと思うが」

「そちらについてももちろん、勉学は怠りません。ですが、この先の時代の行く末を考えると、事業に対する知識も得ておいた方が良いと思うのです」

きりりっ！　と。

音を出すくらいの気持ちで、意志を込めて言葉を発する。

西園寺家は出自が公家の華族なので、おそらく行く末は父と同じように、貴族院に席を置きながら宮内省に勤めることになるだろう。

別にそれはそれで不満はない。——想像はつかないけど。

ただ。

この世界が、もともと俺がいた世界と同一ではなくても、近似した将来を辿っていくのであれば、ほぼ間違いなく華族制度は無くなる。

そして――、願わくは起こってほしくはないが、戦争が始まる可能性も。

年号も違うし、物語の中であるせいか歴史上の人物も微妙に名前が違ったりするので、どこまで元の世界と同じ道を辿っていくかはわからない。

でも、可能性があるなら、備えておくに越したことないでしょうよ！

それに、事業を勉強する中で収益が上がった分を小遣いとしてせしめられないかという邪な気持ちもある。

そんなこんなで、どことなく渋い顔をする父をなんとか説得し、西園寺家の家令である吉澤に話をつけてもらい、今後週一日のペースで勉強をさせてもらえることとなったのであった。


――でも俺、気付いちゃったんですけど。

とりあえず、土地売買と賃貸経営と株式投資で小金くらいは稼げるのでは？　と。

手始めに地図を見ながら思ったのだ。

『あ、俺。この後、帝都のこの地図の、どこがどう栄えるかなんとなくわかる』って。

あと、科学が発達して、これから世の中に普及していくものも。

目ぼしい土地を購入して、賃貸（ちんが）すれば不動産収入になる。

そして、これから発達していく産業に投資をすれば、資産運用もできる。

今はないけれど、かつていた元の世界では当たり前のようにあったもの。

そういったものに開発援助や投資でお金を使っていけば、リスクを少なく資産増が見込めるのでは!?


「――お前、なんか変わったモン読んでんな」

夏休みが明けて、いつもどおり、昼食後は蒼梧と中庭でだらだらするというルーティーンが復活すると、蒼梧がめざとく俺が持ち込んでいた本に目を留めた。

――経済雑誌である。

「うん。ちょっと勉強しようと思って」

「……経済を?」

お前が? と言いたげな目で蒼梧から凝視される。

……まあ、蒼梧の言いたい意味もわかる。

この時代、華族が金儲けしようとするのは卑しいとされるのが普通だ。

しかも四大華族の俺が。

でもね。何事も知識を得ていることが最終的に己を守ると思ってるんだよ俺は!

昨日よりも今日、今日よりも明日のために努力を怠らない。

それが、破滅回避への第一歩なのである――俺、談。

「……まあ、頑張れよ」

そう言って、再び俺のとなりで白を構い出した蒼梧だったが。

その後、昼休みが終わって教室に戻ろうとするときに「ちょっと見せてみろ」と言って経済誌をひったくった蒼梧が、何が面白いのかわからないと言いたげな顔で経済誌と睨めっこしていた。

心配しなくても、蒼梧のところは四大華族筆頭だし、間違っても路頭に迷うようなことはないから大丈夫だよ！

しかめ面をしながら経済誌と格闘している蒼梧に、俺は心の中でそう呼びかけたのだった。

――秋。

秋といえば、食欲の秋、芸術の秋、読書の秋、というのが一般的だが。

この時期、学校行事の秋でもある――というのは。

学生ならば、もしくはかつて学生だった人ならば、わかってもらえるのではないだろうか。

学校行事って「どうしてこんなに秋にばっかり詰めた？」と思うくらい、毎月なにかしらイベントがあるのはなんでなんだろうね？

必然、そこに通う生徒たちの忙しさもいやでも増してくるというわけで。

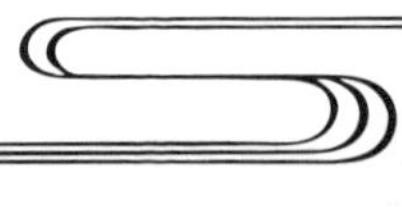

そんな多忙な華桜学苑の秋の学校行事のスタートは、遠足からだった。

この遠足は、生態調査という名目で学苑から新宿御苑まで行脚(あんぎゃ)するのだ。

前世で子供だった時は、『歩いて行くのとかマジかったるい』と思っていたけど、大人になるとこうやってタダで連れて行ってもらえて学習までさせてもらえるとか、ありがたいと思うよね。

人生二周目だからこそ感じられるありがたみよ……。

とはいえ、子供にとっては結構な距離を徒歩で移動することになるため、自然と列は体力がある組と体力がない組に段々と分かれていく。

そうして分かれていくうちに、なんとなーく仲の良い顔ぶれが固まって移動をするようになるのだが。

「おい、蓮」

案の定、蒼梧が俺のところにやってきて、後ろから声をかけてきた。

「……蒼梧」

……こいつ。……俺の他に友達……。

いや、いないな。

うん。知ってたわ。

でもって、まあ俺もそうなんだけど。

後ろから声をかけてきた蒼梧に内心でツッコミを入れかけたものの、そんな俺自身も言うまでもなくぼっちでした……！

最近では、俺が以前の西園寺蓮の悪評を払拭しようとした成果が功を奏しているのか、怖がられたり萎縮されたりすることは無くなりはしたのだけれども（ちなみに四年生に上がったばかりの頃はそんなふうに扱われている様子が多々あった）。

その代わりに、蒼梧といることが多くなったこともあって、妙に神聖視されているような気配を感じることが増えた。

『東條様と西園寺様の、お二人の間を邪魔してはいけない』

みたいな空気が流れているらしいことは、薄々と察しております……。

別に、そんなたいした話してるわけじゃないんだけどさあ！

イメージってすごいね！

「……蓮。お前、俺の話聞いてたか？」

「え？」

おっといかん。

一瞬、自分の世界に入り込みすぎた。

「……えっと、運動会の話でしょ？」

「聞いてるなら、生返事じゃなくてちゃんと返事しろ」

……はい、すいません……。

反射的に心の中で謝罪しつつ、蒼梧にもちゃんと「ごめんね」と謝って、蒼梧の話に意識を戻す。

華桜学苑の秋の運動会は、初等部・中等部・高等部合同の大運動会として開催される。

学苑の生徒も、応援しにくる父母も楽しみにしている、華桜学苑きっての一大イベントである。

どこの運動会でもそうだろうが、運動神経に長けたスター選手みたいな生徒がいて、運動会前後はそのスター選手がもてはやされるのだ。

普段あまり交流することのない中等部や高等部の諸先輩たちが、憧れの先輩になる瞬間だったりもする。

そして、初等部においてはまさに蒼梧が、そのスター選手だった。

「結局、蒼梧は種目、何に出るの？」

「二百メートル走と、借り物競走、選抜リレーだな」

「二百メートルとリレーはわかるけど、借り物競走はちょっと意外」

「女生徒たちからやたら出てほしいと言われたんだ」

「…………。なるほど……」

あわよくば、借り物競走で蒼梧に借りられたいと野心を抱く女子たちが、一致団結して申し出たのだろうな、となんとなく察した。

「そういうお前は何に出るんだ？」

「百メートル走と、二人三脚と、大玉転がし」

「地味な競技ばかりだな……」

「……地味で悪かったね……」

そういう競技が好きなんだよ！

呆れたような目でこちらを見やってくる蒼梧に、そう思いながらジト目で返す。

「別に悪いと言ってるわけじゃないが。お前、けっこう足速い方だろ」

「というより俺は、あんまり目立ちたくない方なの」

お前も花形競技に十分出られる足あるだろ、と言いたげな蒼梧に、ぶっきらぼうに反論する。

——確かに、蒼梧の言う通り。

俺は別に、運動神経が悪い方ではないし、学年全体で見ても上位に入る方だ。

実際、花形競技であるリレーに出てほしいというオファーもあった。だけど。

リレーの選手とかさ……。一回引き受けると来年以降もずっと要請がくるでしょうよ……。

そんなのしんどい——、もとい。

俺は、どちらかというとリレーは見る方が好きなのだ。

自分が参加して勝敗に関わるより、手に汗握って応援したい。

いやね？　俺だって人生一周目の時は『リレーの選手って格好いいな』とか憧れたりしたよ？

でもね？

人生二周目ともなると、物事の勝ち負けに関わるよりも、そこで生まれるドラマを客観的に応援する楽しみを覚えてしまったわけで。

「つまるところ、俺はドラマの主人公じゃなくていいってことだよ」

そんなことを、明確に蒼梧に言うわけでもなく、小さくぽつりと独りごちると。

「……まあ、お前が乗り気じゃないっていうなら、別に俺も無理には勧めないけどな」

と返され。

とりあえずその話はそれで終わり、また別の話に興じながら蒼梧と遠足を続けたのだった。

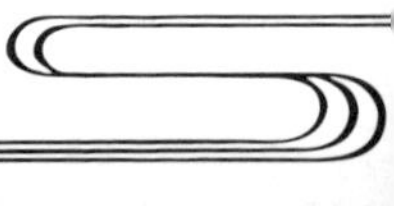

遠足が終わると、一気に校内は運動会ムードとなった。

秋の大運動会は先に話した通り、初等部、中等部、高等部の合同チームとなる。

赤組と白組に分かれて、学部混合チームで競い合うのだ。

クラスごとに分けられるので、俺と蒼梧は別チームになる。

蒼梧が赤組、俺は白組だ。

俺なんかはせいぜい、二人三脚の相方になった相手と何回か練習をしたくらいで済んだが、選抜リレーに出る蒼梧は、早朝と放課後に練習会に駆り出されているようだった。

大変だなあ……。

練習を重ね、日を追っていくごとに、蒼梧の顔つきが精悍になっていっているような気がして、ヒーローとはこういうものかと感心しながら蒼梧を観察した。


往々にして、物事というのは練習なんかをし始めると、あっという間に当日がやってくるもので。

そうして訪れた運動会当日には、セツが白百合と菊華を連れて見に来てくれた。

「お兄様」

「にいたま！」

父には、運動会があることは伝えてはいたが、「ああ」と答えられただけで、来るとも来ないとも言わなかった。

相変わらず父が何を考えているのかはよくわからないが、『父母参加の競技がなくてよかった』ということにだけはホッとしたのだった。


開会式と、参加者全員での準備体操が終わってから、各競技が始まる。

最初は百メートル走と二百メートル走。

この競技は全員がいずれかを選択して出なければいけない必須競技だった。

そんなわけで、俺がやむなくエントリーした百メートル走では、とりあえず一位を取れた。

俺の運動神経が学年で上位と言ったのは嘘ではなく、同じ上位の中でも走れる輩は二百メートル走の方に駆り出されるので、俺にとっては百メートル走はブルーオーシャンなのだ。

百メートル走を走り終えてふと観客席の方を見ると、妹たちがこちらに向かって嬉しそうに手を振っていたのでにこにこと振り返したら、周囲にいた女子が自分に手を振られたと思ったのか頬を赤らめながらきゃあきゃあとさわいでいるのが目に入った。

……あ、なんか。誤解を生んですみません……。

別に俺が謝るようなことでもないのだが、なんだか居た堪れない気持ちになった。

百メートル走が終わり、それから少しして二百メートル走が始まると、蒼梧も二百メートルで楽々一位をとり、応援していた女生徒から同じくきゃあきゃあ言われていた。

小学校の時って、足の速い生徒がモテるの、なんでなんだろう?

普段蒼梧を遠巻きに見ている女生徒たちが、ここぞとばかりに「東條様、お疲れ様でした！」

「とっても格好良かったです！」と瞳を輝かせて寄り付いていくのを見て、時代が変わっても【足が速い＝モテる】という図式は変わらないんだな……、と思った。


——そんなことを思っている間にも、さくさくと運動会の進行は進んでいく。

俺の参加した二人三脚では、初手でなぜか緊張しまくっていた相方男子と息が合わず、ツンのめってしまうというアクシデントがあった。

「ちょっと！　西園寺様の足を引っ張らないでとあれほどいいましたわよね！」

「しっかりなさってくださいまし！」

ギャラリーの女生徒から飛んできた野次を聞いて、事情を察しました……。

「順位とか気にしなくていいよ。せっかく一緒に走れるんだし、楽しくやろう」

緊張の理由を察した俺が、相方の男子生徒にそう声をかけたら、その後は順調に進んで行き。

結果、なんとか追い上げて二位まであがることができた。

そうして、ゴールした後、

「あの、西園寺様……。最初の方、足手まといになってしまい申し訳ありませんでした……」

そう言って俺に、可哀想なくらい落ち込んだ様子で告げてきた男子生徒に、

「何言ってるの。全然足手まといなんかじゃなかったし。ちゃんと途中から息も合いだして、テンポ良く走れたの僕は楽しかったけど」

別にフォローでもなんでもなく心底そう思っていたので、思った通りに素直に伝えた後、

「もしかして、僕のせいで楽しめなかった――？」

と尋ねると、

「とんでもないです！　俺、西園寺様と走れてすごく楽しかったです！」

前のめりでそう返された。

もしかして俺、言わせてしまったかな？　と、後から少し後悔したが「また来年も機会があればぜひご一緒したいです！」と言ってもらえたので、一緒に組んでくれたのがいい子でよかったなぁと温かい気持ちになった。

そして、この一連のやりとりを傍で聞いていた生徒たちにより、この時のやりとりは『西園寺様の神対応』と称して語り継がれていくことになるのだが――。

俺がそれを知るのは、運動会が終わってからの話である。


……はあ。なんだかんだ言って結構疲れたな。

俺の出る競技も、残すところ、大玉転がしのみ。

後は気楽に参戦できるな――と、のほほんと自分の席から自組を応援していた時のことだった。


「――おい！　蓮！」

校庭の走路の側から、蒼梧に大声で呼ばれる。

同じ組の生徒たちとの会話に興じながら、借り物競争に出ている蒼梧を何気なく横目で見つめていたら、蒼梧がものすごい勢いでぐんぐんとこちらに走ってきて俺を呼んだのだ。

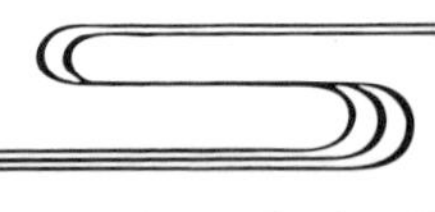

「ちょっと来い！」

そう言って、有無を言わさず蒼梧が俺の手首を掴むと、そのまいずこかへ向かって走り出す。

え、ちょっとなに——？

と口にしたかったが、足の速い蒼梧にぐいぐい引っ張られて、そんなことを口にする余裕もなく。

——あ、そっか。借り物競走だもんな。

遅ればせながらそのことに気付いたのは、ちょうど蒼梧と一緒にゴールテープを切ったタイミングだった。

「あの、借り物の内容を見せていただけますか？」

ゴールした後、息を切らした蒼梧に係の生徒が手を差し出すと、蒼梧がずいっと借り物の内容が書かれた用紙を渡した。

それを見て俺も、何が書かれていたのだろうとふと気になり、何気なく覗き込む。

——そこに書かれていた文字。


『親友』


思わず蒼梧に向かって振り返ると、蒼梧からふいっと顔を背けられた。

……こんなベタベタな展開、ある？

そう思いながらも、自分でも段々と、つい顔が綻んでしまうのを止められなかった。

それからまた、俺が蒼梧の顔を覗き込もうとすると、蒼梧がそれを避けるように逆方向に顔を背

けるのも面白くて。

しばらくそうやって蒼梧で遊んでいたら、最終的に「いい加減にしろ」とぺしりと額を叩かれた。


その後、俺の最後の参加種目である大玉転がしも無事終わり、蒼梧がリレーで華々しく後方からのごぼう抜き大逆転を見せると、最終的に大運動会は蒼梧の所属する赤組の勝利で幕を閉じた。

結果的に組としては負けてしまったけど、久しぶりに童心……というか実際に子供に戻って参加する運動会は純粋に楽しかったな。

そんなことを思いながら、蒼梧と帰り支度をして帰路につこうとしたところ。

蒼梧と廊下を歩いていると、なんだか医務室の方がバタバタと慌ただしい様子を見せていた。

「……どうしたんだろ」

「聞いたところによると、運動会で熱狂した女生徒たちが何人か、目眩(めまい)を起こして倒れたらしいぞ」

「大丈夫なのそれ？」

箱入りのお嬢様には、運動会のような長時間体を使うイベントは厳しかったのだろうか？

来年には白百合も初等部に上がることだし、そのあたりちゃんと対策して、万が一にも可愛い妹が倒れることなどないように、こっちも気をつけてあげないとな。

そんなことを考えながら、医務室の騒動を横目に家に帰り着くと。

「にいたま……！」

西園寺家の玄関で、我が家の末の妹が「はわわ……！」とでも聞こえてきそうなきらきらした眼差しで、俺の帰りを出迎えてくれた。

しかし、何が恥ずかしかったのか、俺が姿を見せると突然ぴゅっと白百合の陰に隠れてもじもじだす。

「菊華ちゃん」

「だってえ……」

なんだなんだ？

今までにない反応だが、どうやら白百合はちゃんと理由をわかっているらしい。

そして、取り残される兄の俺……。

「あの……。菊華ちゃん、お兄様が格好良すぎて、恥ずかしくなっちゃったみたいです」

「なにそれ」

どうやら白百合の言うところによると、運動会本番の最中も、家に帰ってきてからも「にいたましゅごい……！」とそればかりを繰り返していたらしく。

いざ、満を持して本人が帰宅したら、なんだか妙に意識して恥ずかしくなってしまったのだと。

…………は？

何言ってんの？

可愛いがすぎるんですけど？

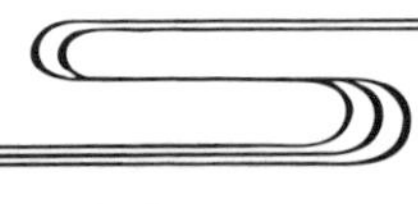

えええええええ…………？

「菊華」

俺が首を傾けて、白百合の後ろでぷるぷるもじもじしている菊華を覗き込もうとすると、逃げるように白百合を壁にしながら菊華が俺から身を隠そうとする。

…………………うん。

世のお父さんたちが、『娘を嫁にやりたくない！』という気持ちが、なんだかちょっとわかる気がしました……。

「いつまでも照れてちゃダメですよ菊華ちゃん」

ほら、お兄様も困っちゃいますよ、と白百合が言うと「……やぁだぁ」とくぐもったような声を出しながら白百合にくっつく。

「え!? 菊華、兄様のこと嫌なの!?」

そうやって俺が、少し大袈裟に驚いたようなそぶりで菊華に目線を合わせるようにそう言うと、一瞬だけちらりとこっちを向いた菊華から、またも恥ずかしそうにぷいっとそっぽを向かれた。

……俺、声を大にして言える。

妹って、かわいいね!!

そんなことを思いながらふと白百合と目線が合うと、白百合も同じことを思っていたのか、二人してほっこりと微笑みあった。

そうして、その後もしばらくは、菊華の激カワ照れムーブは続いたのだった。

閑話　とある女生徒のつぶやき

——私たちの学苑の初等部には現在、二大巨頭と陰でひそやかに囁かれている二人がいる。

東條蒼梧様と、西園寺蓮様。

お二人とも、我々華族の頂点である四大華族の一角を担う、私たちからすると殿上人(てんじょうびと)のような御方だ。

東條様は四大華族の筆頭家のご嫡男。

西園寺様は齢九つにして【天授の力】を顕現させ、守護獣まで召喚させた御方。

私は西園寺様と、初等部の三年生で同じクラスになった。

——正直に言うと、最初はあまり、西園寺様に良い印象を持っていなかった。

皮肉屋で毒舌。他人を自分より上か下かで判断し、上の者にはへりくだり、下の者は見下している感の強い人物だった。

それが、初等部の四年生になってから、がらりと雰囲気が変わったのだ。

初めは、なにか意地の悪い悪戯(いたずら)でも思いついて実行しているのかと思った。

クラスメイトたちも同じようなことを思っていたようで、突然人が変わった西園寺様を気味悪げに遠巻きに見ていた。

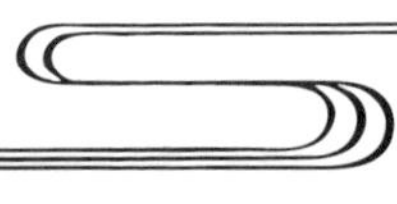

しかし、それがどうやら違うらしい――、と私たちが薄々感じるようになったのは。

西園寺様のところに、東條様が足繁く通うようになったからだ。

私は東條様と同じクラスになったことがないので直接知っているわけではないけれど、かの方の評判としてよく耳にするのは、曲がったことがお嫌いで、自分にも他人にも厳しく、とても真面目でいらっしゃる方だということ。

そんな東條様が西園寺様としばしば一緒に居られるようになり。

最初は、西園寺様がうまいこと東條様の太鼓持ちをされているのではと思っていた私たち周囲の人間にも、お二人の仲睦まじい様子から、そうではないということが段々とわかるようになってきたのだ。

ああ――、西園寺様は神獣を召喚されて、きっと憑き物でも落ちたのだ。

はっきりと口にした者はいなかったが、そう思っている人は少なくなかったと思う。

皮肉げに歪んでいた顔も、表情が柔和に変わったことでその美しさが際立つようになった。

絶えず優しい微笑みを浮かべ、いつでも思いやりに満ちた行動をこころがけ、周囲への気遣いを忘れない。

男女どちらにも分け隔てなく、まさしく紳士的に対応する西園寺様は、さながら西洋の物語に出てくる王子様そのものだった。

少年とも少女ともつかない神秘的かつ中性的な美貌も、それに拍車をかけていたと思う。

そんな西園寺様に、この半年で恋に落ちた女生徒は、きっと両手でも足りないだろう。

とりわけ、西園寺様が魅力的に見えるのは、東條様と一緒にいる時である。

普段はとても落ち着いていて、不思議に大人びた印象の強くなった西園寺様も、東條様と一緒に居られるときは普通の少年のようなあどけなさを見せる。

そうして、西園寺様も東條様も、お二人でいるときは屈託のない笑顔を見せることが多いので、あのお二人が一緒にいる姿を密かに好ましく思っている者も少なくはなかった。

お一人ずつだけでもお美しいのに、二人ならぶとより一層、まるで一幅（いっぷく）の絵のような神々しさを放っており、それが口を開くと時折少年らしい微笑ましさを見せる、そのアンバランスさが女生徒たちの心を強く摑んでいるのだ。

そうして、ご本人たちの知らないところで密やかに【ふあんくらぶ】なるものが細々と発足されたりしていくなか。

事件は、先日の運動会の時に起きた。

「おい！　蓮！　ちょっと来い！」

そう言って、借り物競争で東條様が西園寺様の腕を摑み、二人で走り去っていく姿。

その姿に、新しい扉を開いた女生徒たちが、感動と興奮でバタバタと倒れ伏したのだ。

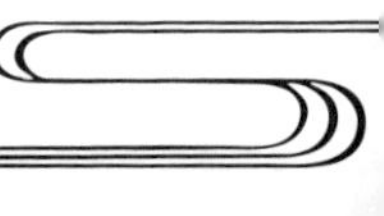

確かに私も、それを見た時には見てはいけない逃避行のようなものを見てしまった気分になり、胸の動悸を抑えなければと反射的に思ったが、それ以上に周囲で人がバタバタと倒れていったことの驚きが勝ったために、かろうじて倒れずに済んだ。

噂によるとその後も、お二人の尊さにあてられ何かに開眼した女子が、立て続けに医務室に運ばれて行ったらしい。

これを機に、【ふあんくらぶ】の中に、【耽美派女子】という派閥が生まれることとなったのである。

——耽美派女子。

それは、東條様と西園寺様のお二人の仲睦まじさをただ愛でる会。

お二人それぞれを単体で慕う【本命狙い女子】とは一線を画した、耽美を愛する女子の集い。

私のような末端華族のいくじなしは、どちらに属することもなく、【ふあんくらぶ】さえ対岸の出来事として遠巻きにしか見ることができないけれど。

あのお二人が、女子のなにかをおかしくさせるほどに魅力的であるということは疑いようもない事実であるということだけお伝えして、今日のところは締めくくらせてもらおうと思う。

第六章　継母、ヒロインの進学を阻止しようとする

遠足、大運動会、学芸会と目白押しだった秋のイベントも、慌ただしく過ぎてみると季節はもう冬の装いが見えてくる。

秋口に始めた、西園寺家の家令である吉澤との勉強会も順調に進んでおり、先日は初めて俺の提案した株を吉澤が『買い』で進めてくれた。

「……蓮様は、こちらに関しても才がおありなのかもしれませんね」

吉澤が、俺が提出した市場レポートをぺらりとめくりながらそう呟く。

いえぇ……、転生チートですから……。

と、吉澤に言ったところで、その意味が通じるわけもないので言いはしないが。

父が紹介してくれた吉澤という初老の男は、代々西園寺家に仕える家の出自の者で、自身も長きに渡り西園寺家で家令を務めてきた人物だった。

しばしば父の周囲で仕事をしているのは見ていたので存在は知っていたが、こうして勉強会を開いてもらうまでは直接やり取りすることなどほとんどなかった。

重ねた年齢と立場も相まってか、使用人ながらに気品ある佇まいをもつ吉澤は、めくっていた俺のレポートを静かに閉じると、ため息でもつきそうな表情で俺に言った。

「普通は、蓮様のような御方が商売に手を出すというのは、あまりないことなのですが……」

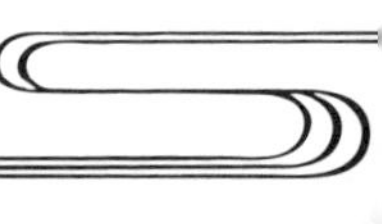

「……華族が、しかも西園寺家の嫡男が。金儲けに手を出すのは卑しいと思われるだろうことは、僕だってわかってるよ」

セツの時もそうだったけれど、目上の人間に敬語を使わないで喋ろうとするのはいまだにどこか慣れない。

「でも、これからの時世を考えると、もう華族という立場と爵位だけを拠り所にやっていくのでは、この先続かないいんじゃないかと思うんだ」

「…………」

――そんなこと、外では決して言えやしないが。

四大華族とはいいつつも、公家出身の西園寺家はその中で取り立てて財力のある方ではなかった。

もともと、石高（こくだか）の多い大名家出身の華族の方が財力に長けているこの時代。

それでも、西園寺家が栄華を誇っていられたのは、この吉澤の商才があってこそなのだった。

「……これで齢九つとは」

「…………」

すいません。

人生二周目換算でいくと実際九つではないんです。

眼鏡を外し、眉間を揉みながらそう呻く吉澤に、内心で詫びを入れる。

「ですが、ご本人にやる気がおありで、旦那様のお許しも得ているということであれば、これ以上私が言うべきこともありますまい。不肖吉澤、僭越ながら蓮様のご指導係として尽力させていただきます」

「うん、よろしく頼むね」

正直、こうして吉澤からいろいろと学ばせてもらう前までは、もっと『前世の知識チートで無双して、がっぽりお金儲かっちゃった大作戦！』みたいな感じになるかと甘く思っていたのだが。

実際に取り組んでみると、前世の知識だけでは補填できない、この時代における勢力関係や利権争いやらも絡み合い、なかなか一筋縄ではいかなそうなのであった。

今回はなんとか、かつて社会や歴史の授業で習った知識を必死で引っ張り出して、吉澤に認めてもらえる結果が出せてよかったけど……。

……うん。

……でもまあ！

本来であれば、独学で勉強するなりお金を払って勉強しなければならないような内容のものを、超優秀な家令から伝授してもらえると思えば、めちゃくちゃラッキーだよね？

しかも俺、まだ九歳だし！

今のうちから資産運用に関する勉強を始めておけば、リスクヘッジもしやすくなる。

そうやってポジティブに考えると、やっぱりあの時、自分に自由に使えるお金がないことに気付いて、父に頼んで一歩踏み出してみてよかった。

「では蓮様。授業を続けてまいりましょうか」

「はい」

そう言いながら、改めて吉澤に向かって、学習する姿勢で向き直る。

こうして俺は帝都一の資産家を目指し、吉澤と日々金融業界の研究へと邁進するのであった──。

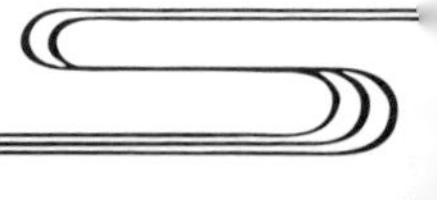

って。違うわ。

思わず、一瞬目的を誤ってしまいそうになった自分に、自分でツッコミを入れる俺なのだった。

さて。
そんなこんなで悪役令嬢の発生地となるはずだった我が家も、地道な妹教育の賜物か、穏やかに平和に日々が過ぎていく中。
十一月の上旬を迎えたある日、早苗さんのとある発言から、久方ぶりに我が家で、戦いの火蓋が切られたのだった。

「——異能の力がない娘を華桜学苑に入学させるのは、わたくしは賛成できませんわ」


ただの家名汚しにしかならないじゃありませんの——と。

早苗さんのその声が聞こえてきたのは、俺がちょうど父の書斎に入ろうと、ドアにノックをしかけた時のことだ。

「わたくし、居た堪れなくて仕方ありませんでしたわ。まさか付き添いで行って、継子とはいえ自分の娘に、異能がないと判定されるなんて」

どうやら早苗さんの方が先に、今日行われた白百合の華桜学苑の入学試験について、父に進言しに来ていたらしい。

――まあね、原作通りの展開ですよね。

ちなみに原作では、入学試験を受けた際に白百合は異能値が測定できず、たまたま継母に連れられていった菊華も測らせてもらったら、平均よりも高い異能値が測定された、という話で。

それによって更に、継母と義妹による白百合（ヒロイン）いじめがエスカレートする、という展開だったのだが。

今回は俺の方で先手を打ち、原作の展開にならないよう菊華は早苗さんに付いて行かせず、幼稚舎へ行かせることを優先させた。

てか真っ当に考えれば普通そうだよね？

幼稚舎通わせてるのに、なんでわざわざそれを休ませてまで姉の入学試験に付いて行かなきゃならないんだって話だよ。別に幼稚舎が休みなわけでもないのに。

それはそれで、原作では演出の一環だったんだろうけどさあ。

現実に直面すると謎でしかない話である。

まあ、それはいいとして。

白百合の入試の保護者付き添いに関しては、早苗さんだけでなく家政婦長のセツにも一緒に付いて行ってもらえるよう頼んだ。

というか実際には、先にセツに付き添いを頼みつつ、それから早苗さんに、

『さすがに名家の子女の入学試験に使用人だけでは外聞がよくないので、西園寺家の面子（メンツ）を保つために保護者として早苗さんも付き添ってもらえませんか？』

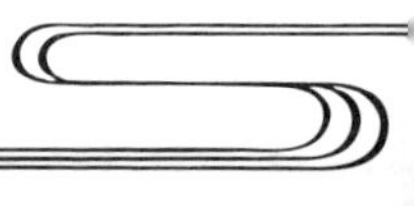

と、俺から丁重にお願いをしに行ったのだ。

こうまでされたら、俺から頼まれた面目を潰してまで、衆目の前で白百合を貶めるようなことはしないだろうという牽制である。

ちなみに、付き添いにセツを選んだのは、早苗さんが彼女を苦手に思っていたのを知っていたから。


西園寺家の使用人の中でも最古参のセツは、ぽっと出の後妻になど動じることもなく。

まして、西園寺家嫡男である俺から頼まれたという後ろ盾と、責任もある。

当然、ここぞとばかりに気合を入れて、白百合の付き添いとして付いて行ってくれたわけで。

帰宅後、白百合の入試の様子を聞くためにセツに話を聞きに行くと、

『蓮様。セツは蓮様とのお約束通り、ちゃんと白百合様をお護りしましたよ』

と頼もしく笑っていた。

そうして、セツから早苗さんが早々に父の書斎に向かったという話を聞き、俺も急いで後を追ってきたというのが、これまでのことの経緯なのだが――。

「父様。失礼します。蓮です」

そう言って俺がドアをノックし、その向こうに向かって声を張ると、向こう側から「入っていい」という父の返事が聞こえてくる。

入室を許されて室内に入ると、まあ入る前から声が聞こえていたからわかってはいたが、早苗さんと父が俺の入室を待ち構えていた。

「早苗さん。今日は白百合の入学試験に付き添っていただいて、ありがとうございました」

ひとまずは、にっこりと。

俺が心からそう思っているると伝わるように、早苗さんに感謝の意を告げる。

――実際に、感謝はしているのだ。

だって、白百合の入学試験に使用人一人だけの付き添いで済ませるより、後妻といえど家族である早苗さんが付き添ってくれた方が白百合にとっても我が家にとっても体裁が保てるのだから。

しかも問題も起こさずに付き添ってくれたのであれば、後妻ではあるが表向き家族仲は良好であるようにも見せられる。

外見も外面も悪くない早苗さんは、悪役ムーブさえ起こさずにいてくれれば、本来は非常にありがたい存在なのである。

「……わたくしの方こそ。蓮様のお役に立ててなによりですわ」

対する早苗さんも、表面上は心からそう思っているように俺に対して微笑み返してくる――が。

「ですが、ちょうど今、菖蒲様にもご相談しておりましたの。今日の入学試験の異能テストで、あの子の異能値が測定できなかったみたいでしたので。無理に華桜学苑に入学させて恥ずかしい思いをさせるよりも、このまま家に置いておいた方があの子のためにも良いのではないでしょうかと」

そんな風に、もっともらしく白百合を気遣うように告げてくる早苗さんだが。

真意の程は正直、計り知れない。

「白百合のためにそんなにもお気遣いくださり、本当にありがとうございます。でも僕は、現時点で異能値が測定できないといっても、【天授の力】が無いとは言い切れないと思っておりますので」

そう言いながら俺も、きっちりと早苗さんを牽制する。

――ここでちょっとややこしいのが、異能と【天授の力】の関係だ。

超ざっくり、RPGで喩えると、異能の測定値がMPだとしたら【天授の力】が魔法の種類のことだと思えばいい。

そして今回、早苗さんが槍玉に挙げているのが、異能値――MPのほう。

えーと、確か。

原作を読んだのももはや実質十年以上前になっているから、だいぶうろ覚えになってきているが。

俺の記憶にある限りでは白百合は、その能力の稀有さと扱いの難しさゆえに、幼少期に母親から力を封印されたのだったと思う。

母親の血筋が精神感応系の能力者の血筋で、自らの死期を悟った母は、教え導く者がいないことで娘の精神に影響を与えることを恐れ、然るべき時期が来るまで力を封印した、とかなんとか。

異能値を測定するには、以前俺が学苑の能力測定で行ったような蠟燭の火をつける装置を使うわけだが、母が白百合に施した封印というのは、その測定のための単純な異能の放出さえできないほど強固な封印だったのだろう。

つまりは――、何が言いたいのかというと。

封印されているというのであれば、封印が解ければ力が使えるようになるわけで。

白百合の能力がなんなのかはまだわからないけれど、封印を解く方法を見つけて、適切な指導者を用意すれば、超強力な能力を顕現することができる！　ってことだ。

うんうん！

それでもって――、白百合は今五歳。早生まれなので年が明けたら六歳になる。

「一般的に、【天授の力】の顕現は十歳前後。今は異能値が出なかったとしても十歳までにどうなるかはまだわかりません。現時点で才能がないと決めつけて入学させずにおいて、途中で顕現してから入学させるのも微妙ですし。ここはあまり心配し過ぎずに、普通に入学させても問題ないと僕は思うのですが」

僕の考えに、何か異論はありますでしょうか――？　と。

「……！」

俺の言葉に、継母はかろうじて口角を上げながらも、唇の隙間からギリリと音が聞こえてきそうなほどにぐっと口を引き結ぶ。

「……確かに、蓮の言う通り。まだ五歳の白百合に、才がないと決めつけるのは早計かもしれんな」

「菖蒲様……！」

俺の意見に父も同意を示したことに、早苗さんが批判的な声を上げる。

「妹たちの教育については蓮に一任してある。異能はともかく、白百合の入学試験の成績は優秀だったそうではないか。であれば、このまま蓮の判断に任せることで私は問題ないと思うのだが」

「父様……」

思わぬところから助け舟が出たことに、取り繕うことを忘れて素直に驚いた。

「……菖蒲様が、そうおっしゃるのでしたら……。わたくしは特にこれ以上申し上げることはありませんわ。差し出がましいことを申し上げて、失礼いたしました……！」

では、わたくしはこれで……、と、退室の言葉を口にした早苗さんは、こちらに忌々しげな目線を送りながらドアを閉め去っていった。

去り際に、バタン！　とわざと大きな音を立てて。

おーこわ……。

そんな様子を「ひょえー」と思いながら流し目で見ていた俺だったが。

ふと目線を室内に戻すとそこでつと父と目があったので、場を和らげるためにとりあえず、ふわりと愛想笑いをしてみせた。

すると、

「お前は……」

父の、一瞬驚愕に開かれた瞳が、見たことのない表情に変わっていく。

「どんどん、霞(かすみ)に似てくるな……」

と。

俺の、父への愛想笑いに対して返ってきたのは。

父の哀切に満ちた眼差しと、絞り出されるような切々とした呟き。

――西園寺霞。

それは、亡くなった俺の実母の名前だ。

その名前を、父の口から聞いたのも、おそらく今が初めてで。

だから一瞬なんのことを言われているのか、理解するのに時間がかかってしまった。

「…………父様」

――それは一体、どういう意味ですか――？

胸中に湧いたその思いを、口にしていいのかどうかを俺が迷っているうちに。

「……お前も、もう下がっていい」

そう言われて。

父が、それまで瞳に浮かべていた哀切をすっぱりと切り捨てるかのように目を伏せる。

いや、切り捨てられたように感じたのは、もしかしたら俺の思い込みかもしれない。

ただいずれにしても、それ以上この場でこの話題を続けることができないというのは、思い込みでもなんでもなくただの事実だった。

「……畏まりました。それでは父様、失礼いたします」

父の言葉に従い、簡潔に挨拶をして部屋を出る。

初めて垣間見た、父と、亡き母との間に流れるなにか。
父は——、死んだ母のことを、どう思っていたのだろう——？

この出来事が、俺に改めてそのことを考えさせるきっかけとなったのであった。

そして、もうひとつ俺が、前から薄々気になっていたこと。

思い起こそうとしても、俺は、亡くなった母のことをいまひとつはっきりと思い出せないということ。

どんな顔だったか、ということはおろか、母との思い出ひとつまともに思い出せない。

それは、大好きだった母親を幼くして失った西園寺蓮のトラウマのようなものが生じさせる現象

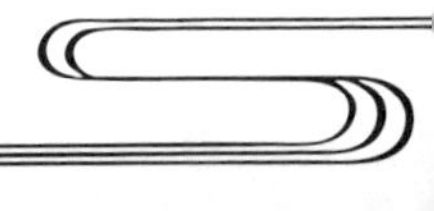

なのかと思っていたが——。

答えの出ない疑問は、いまだに解けないまま。

俺の胸中で、じりじりと燻り続けるのだった。

「蓮様。白百合様の入試の結果が届いておりますよ」

数日後、家に帰るとセツがそう言って俺を呼び止めた。

そのままセツに伴われてサンルームに足を向けると、緊張した面持ちの白百合が、封をされたままの通知書を前に俺を待ち構えていた。

「ただいま、白百合」

「おかえりなさいませ、お兄様」

「……まだ開けてなかったの？」

「お兄様が帰っていらしてから、一緒に開けてもらおうと思って待っていました」

俺の問いに対する答えは、なんとも生真面目な白百合らしい。

実際のところ。

名目上試験は行うが、華族であればほとんどフリーパスで入学できる、というのが華桜学苑だ。

まして、四大華族である西園寺家ならばいわんやである。

――そんなに心配しなくても、まず間違いなく合格していると思うけどなあ……。

そうは思えど、口にはしない。

開ければ結果が出るのだ。

しのごの言わずに開けてしまえばいいだけのことである。

そう思いながら、俺が差し向けた目線だけで俺の意図を察したセツが、ペーパーナイフを俺に差し出してくる。

しばし、ぺりぺりという、紙を割く静かな音が室内に鳴り響き――。

「…………合格」

「あぁ…………」

俺の言葉に、どっと安心したように白百合が胸を押さえた。

というか、ちょっと涙ぐんでさえいる。

「おめでとう白百合」

「……ありがとうございます」

言祝ぎの言葉を告げながら、白百合を労うようにぎゅっと抱きしめる。

男女七歳にして、とは言うけど。兄妹ならまあギリセーフだろ――そう思っていると。

「あー！　ずうい！　きっかもー！」

と言って、後からやってきた菊華が「きっかもぎゅーする！」と言ってくっついてきた。

白百合も、それで涙もひっこんだのか、「じゃあ菊華ちゃん、私ともぎゅーしましょう」と言って、にこにこと微笑みながら菊華を抱きしめていた。

原作では華桜学苑の初等部入学を果たせなかったヒロインも、これで無事、初等部への進学が決まったのである。

そう思って見ると、白百合の嬉し涙も、菊華と喜び合う姿も。

違う意味を持って、俺の胸をつきりと切なくさせるのだった。

「めぃー、くぃしゅましゅ！」

赤い服を着た菊華が、満面の笑顔でそう言いながら、クッキーの入った包みを使用人に手渡していく。

「めぃーくぃしゅましゅ！　めぃーくぃしゅましゅ！」

「まあ、ありがとうございます、菊華様」

菊華サンタからプレゼントをもらった使用人たちが菊華にお礼を言うと、菊華がぱあっと笑顔を見せる。

はわわー、かわええー。

サンタに扮した菊華が、ちょこちょことプレゼントを配って歩くのに癒しを感じる。

今日の趣旨は、『ちびっこサンタが日頃の労いも兼ねてお菓子を配り歩きます！　いつもありがとう使用人の皆さん！　メリークリスマス！』である。

この時代にクリスマスという概念が割と定着しているのだと気付いたのは、十二月初旬のこと。

いつものように学苑から帰ってくると、玄関にクリスマスツリーが飾られていることに気付き、「おや？」と思ったのだ。

『クリスマス？　うちはどちらかというと、耶蘇(やそ)だなんだというほうだから特にはやらないが』

そう言ったのは蒼梧である。

ちなみに耶蘇というのはイエス・キリストのことだ。

家に大層立派なクリスマスツリーが飾られているのを見て、『どこのうちでもこんな普通にクリスマスツリーを飾るものなの？』と思ってそれとなく蒼梧に尋ねてみたのだが、どうやら家によって違うらしい。

『喪中ということもありますし今年は控えようかと思ったのですが。大々的にお祝いをするわけではありませんし、菊華様もご覧になったことがございませんので、飾りとして置くだけならばと旦那様と相談して飾ることにいたしました』

これは、セツの言である。

そうしてセツの、菊華に対するそんな思いやりが功を奏したのか。

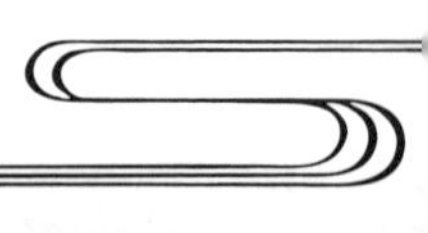

突然玄関ホールに現れたかわいらしく彩られたクリスマスツリーを見て、菊華が興味を持ったのだった。

◆

「にいたま、こえなあに？」

「ああこれ？　クリスマスツリーだよ」

「くいしゅましゅ、つぃー？」

よくわからないと小首をかしげる菊華に、クリスマスとは何かということや、サンタクロースの存在をわかりやすく噛み砕いて説明してあげた。

「んむう……」

どうやら、うまく伝わらなかったらしい……。

「とにかく、イエス・キリストっていうえらーい人のお誕生日をお祝いする日で、その日はサンタクロースのおじさんがいい子にプレゼントをくれるんだよ」

「ぷえぜんと!?」

「そう」

……あれ、これ俺、地雷踏んだかも？

と思ったのは、菊華が思いのほかプレゼントにきらきらと反応を示したからだ。

俺、兄様サンタへの変身スイッチを、自ら押してしまったかもしれない——。

本来であれば、子供にクリスマスプレゼントをあげる役というのは、父か早苗さんが担うべきだ。

でも、あの二人がそういうことをしてくれそうなイメージがあんまりない……よね……。

蒼梧の家はクリスマス的なこともやらないし、プレゼントもないとバッサリと言っていたので、もしかすると親が子供にクリスマスプレゼントを用意するということ自体が、この時代ではまだ一般的ではないのかもしれないけど。

でも、だとすると――？

親の力を頼らず、かつ菊華を落胆させないために、俺が兄様サンタになるのが最適解ってことですよね――！

という結論に辿り着きました。

幸い、吉澤と勉強しながら学んでいる投資の成果が少しずつ出ているので、自由になるお金は多少ありそうではあるのだけど。

やっぱり、備えておいてよかった。過去の俺グッジョブ。

そんなことを、胸の内でひっそりと思いながら――。

話は冒頭に戻るわけです。

「めいー、くいしゅまーしゅ！　めいー、くいしゅまーしゅ！」

白百合が菊華の隣でクッキーの入ったカゴを持ち、菊華はそこからクッキーを取って、使用人た

ちに渡していく。

いやいや、『で？　妹たちにクリスマスプレゼントあげるって話やなかったんかい！』というツッコミはちょっと待ってください。

あげますよ。ちゃんと妹たちにもクリスマスプレゼントを。

でもその前に、

『年の瀬に子供たちから日頃の感謝を込めて使用人たちを労おう！』

『いい子になるにはいいことをしよう！』

ということで、前述した使用人慰労イベントを妹たちとやることにしたのだ。

「サンタさんも、みんながいい子にしているかちゃんと見てるんだからね！」と言って。

配っているのは、俺がせっせと作ったクッキー。

西園寺家の使用人は四、五十人いるので、地味に大変だった。

そしてその袋詰めを白百合と菊華にも手伝ってもらい。

クリスマスイブ当日に、兄妹三人で使用人に配り歩いているのだ。

菊華と白百合のサンタ衣装は裁縫が得意な使用人に頼んで作ってもらった。

小さなサンタクロースがプレゼントを配って家中を練り歩く姿は兄の贔屓目(ひいきめ)を除いても本当に可愛らしく、年の瀬で忙しい時期ではあったが、遭遇した使用人はみんなほっこりと笑みをこぼした。

「――これで、大体の使用人に配れたかな？」

「う？」

「そうでございますね。使用人全員にちゃんとお渡しいただけたと思いますよ」

俺の言葉にセツがそう答えると「菊華様も白百合様も、よく立派にお務めになりましたね」と妹たちを優しく労う。

「もお、おわい？」

「終わりじゃないよ。最後に一番大事なところが残っているからね」

そうなのだ。使用人は配り終わったが、今日のメインがまだ残っていた。

菊華は今ひとつピンときていないようだったが、どうやら白百合はそれが誰なのか察したようだ。

そうして、妹サンタ二人を引き連れて、最後の一番大事な人たちのところへと足を向けた。


「父様、失礼します。蓮です」

「ああ」

室内からの父の「入っていい」という言葉を受けて、書斎のドアをゆっくりと押し開ける。

時刻は夕方。

夕食前の今日のこの時間に、父が書斎にいることは、あらかじめ確認済みだった。

「失礼します」

「しつえしましゅ……」

あまり父の書斎に足を踏み入れたことがない白百合と菊華が、おずおずと緊張した様子で俺の後からついてくる。

「どうした、蓮」

「今日はクリスマスイブですので。小さなサンタクロースが、父様を労いにやってきたのです」

そう言って、「さ、菊華」と促すと、菊華は緊張した面持ちで、それでもてててっ！　と父の膝下に向かって歩いていく。

「とおたま、めいー、くいしゅまーしゅ！」

「…………」

菊華が差し出したクッキーの入った袋を、父が黙って受け取る。

「……これは、お前が考えたのか？」

菊華からクッキーを受け取っても硬い表情のままの父がそう俺に尋ねてきたので、俺は素直に「はい」と答える。

「年の瀬に、日頃から我が家に勤めてくれている使用人を労おうと思い考えました。父様は使用人ではありませんが。でも、僕たちから日頃の感謝の気持ちを込めて、という点では同じです」

「…………そうか」

俺の言葉に父が短くそう答えると、心なしか少しだけ表情が柔らかくなった気がした。

「とおたま、おかしおきらい？」

「……いや。ありがとう。美味しくいただくよ」

心配そうに父の膝下で様子を窺う菊華の頭を、父が安心させるように撫でた。

仲間はずれは良くない、という俺のモットーにより。

父のところに行った後、早苗さんのところにも顔を出した。

「かあたま！　めいーくいしゅまーしゅ！」

「……なんですの？　これ」

早苗さんは、わざわざ部屋まで訪れた俺たちを胡乱（うろん）な目で見ると、警戒するように少し身を引いてみせた。

「クリスマスに便乗して、僕たちから普段の感謝の気持ちを贈りたいだけですよ」

まあ、果たして早苗さんに対して、日頃からの感謝の気持ちがあるか？　と言われたら非常に答えにくい問いではあるが。

実際のところ、半々の確率で突っぱねられると思っていた。

――しかし。

「……ありがたく、頂戴いたしますわ」

と言って、意外にも早苗さんは素直に菊華からお菓子袋を受け取った。

おお、受け取った――、とホッとしたのも束の間。

「それはそうと菊華。あなた、そんな子供みたいなことばかりをして、お勉強はちゃんとしているの？　お兄様について歩くのも結構だけれど、もっとちゃんとしてもらわないと母様が恥をかくのですからね」

蓮様もそこのところ、くれぐれもよろしくお願いいたしますわよ――、と。

捨て台詞かと思うような一言を残すことも忘れなかった。


はあ……。

前々日のクッキー作りや前日の袋詰め、当日のプレゼント配り歩きと、既に大分へとへとな俺だが、兄様サンタの本番はこれからである。

プレゼントにはぬり絵帳を用意した。白百合も菊華も同じものだ。

これなら二人で楽しめるし、喧嘩にもならない。まあ大体喧嘩になりそうな時も白百合が引いちゃうから喧嘩にならないんだけどね……。

問題は、いつ枕元に置くかだ。

プレゼントは寝台の下に隠してあるから、さっと取ってすっと置けばよいだけだが、タイミングを誤るとサンタクロースの正体が俺だと早々にバレてしまう。

さすがにそれは夢がなさすぎる……。

「んむぅ……」

そろそろいいか、と思って軽く起きあがろうとすると菊華が寝返りを打った。

うーん、まだダメか？

いっそ、早朝に起きて置いた方がバレないのだろうか？

——そんなことを、悶々と考えていた時のことだった。

かちゃり、と部屋のドアが静かに開けられる音が聞こえた。

え——？

寝たふりをしたまま、気配だけで様子を窺っていると、誰かが寝台の横に立ってこちらを覗いているような気配がする。

——この香りは、どこかで嗅いだことがある。

――父だ。

父の書斎で焚かれている、お香の匂いと同じだった。

どうしよう。目を開けて声をかけるか否か。

なまじ寝たふりをしてしまったため、起きて声をかけるタイミングを失ってしまった俺は、しばらく最適解を探してそのまま逡巡する。

すると――。

かさ、かさり、と。

なにか、紙包みのようなものが、寝台の隣に置かれた音が聞こえた。

そうして間も無く、すっと香りの元が、部屋の外へと遠ざかっていくのを感じた。

――まさか。

そう思いながら、かちゃりとドアが閉められた後、隣で眠る妹たちを起こさぬようそろそろと起き上がる。

そうして――、目線を向けた先の床には、クリスマスプレゼントらしき、綺麗に包まれた箱が置かれていた。

…………………。

…………父が？

あの父が？

クリスマスプレゼントを用意した？

子供になんて全く興味のなさそうだった、あの父が？

俺が、白百合と菊華と一緒に、父にクリスマスのプレゼントを渡したお返しだろうか？

それにしても、今日の夕方に渡したのに、こんな短時間でお返しを準備することなんて不可能だ。

ということは――。

あらかじめ用意していたのだ、と思った。父が。

既に当事者が去り、閉められた自室のドアに目を向ける。

そうして、しばらく混乱したままドアを見つめた後、ふと自分も妹たちへのプレゼントを用意していたことを思い出し、寝台の下からプレゼントを取り上げると、そっと父の置いたプレゼントの塊に加えた。


翌朝、目を覚ましてプレゼントを見つけた妹たちは、大層喜んでいた。

「ぷえぜんと！」

「サンタさんがいらしたんですね！」

寝巻き姿のまま、プレゼントを前にきらきらと目を輝かせる妹たちに、俺は複雑な気持ちで「二人がいい子にしていたからだね」と笑った。

白百合と菊華がそれぞれに用意された箱の包装紙を開けると、中から綺麗な装飾が施されたオルゴールが出てきた。

「わぁ……、素敵ですね……」

オルゴールから流れだす繊細なメロディに、白百合がうっとりとため息をこぼす。

そうして、そんな妹たちを横目で見ながら俺は、自分のために用意された、妹たちのものよりも少し小さな包みを開く。

「お兄様のは、時計……ですか？」

「そうみたいだね」

俺のプレゼントの中身に目を留めた白百合が、興味深そうにそう告げてくる。

父が用意してくれた俺へのクリスマスプレゼントは、子供用の懐中時計だった。

「にいたまの、かっこいい……」

懐中時計が気に入ったのか、ちゃり、と鎖でぶら下がる時計を見上げて、菊華がそう呟く。

菊華の言う通り、子供向けとはいえおそらくちゃんとしたメーカーで作られたであろう懐中時計は、お世辞でなく趣味の良いものだった。


もともと、何を考えているのかよくわからない父だったが。

今回のことでますます父のことがよくわからなくなった。

一体父は、どんな思いでこのプレゼントを用意したのだろうか——？


原作小説にあった、子供に興味のない、冷淡な父のイメージが崩れていく。

誰が敵で誰が味方なのか。

父は——、もしかしたら、味方になってくれる人なのだろうか？

窓から差す日光を受けた懐中時計が、鈍色(にびいろ)の光を放っていた。

第七章　母の記憶

大晦日を越えて迎えた正月は、まだ母の喪中が明けていなかったため、簡素な正月だった。
本来であれば、西園寺家にゆかりある親戚縁者が一斉に挨拶に来るのが毎年の決まりごとだったが、それも行わず家族だけで静かに過ごした。

——母。


最近俺は、それまであまり意識に留めていなかった実母について、ぼんやりと考えることが多くなった。

ことの発端は、父からの『母に似てきた』という一言。

それと今月、母の一周忌を迎えるということもその一因となっていた。

考えてみると、妙に思えることがたくさんあった。

この家に、母にまつわるものが一切残されていないこと。

遺影はおろか、母が写っている写真もまったく目にしたことがないこと。

最初は、後妻である早苗さんを気遣ってのことかとも思った。

それにしても、遺影までないのは度が過ぎているのではないだろうか？

思い出そうとしても、なぜか記憶の中で顔がぼやけてどんな顔だったのかわからない母。

そして――、十年近くも一緒に過ごしてきたはずなのに、母との思い出を全く思い出せない俺。

これは、俺じゃなく、もともとの俺であった【西園寺蓮】の意識がそうさせているのだろうか？

そんなふうに思っていたところに。

そのことを裏付けるような出来事が、俺の身に降りかかったのだった。

「……顔が」

誰にともなく。

独りごちるように、小さくそう呟く。

母の一周忌法要の日。

西園寺家の菩提寺である寺に親族一同で参り、祭壇に飾られた母の遺影を見上げた時のことだ。

「……お兄様？」

隣に立つ白百合が、様子がおかしい俺に気付いたのか、心配するように声をかけてくる。

「……ううん。なんでもないよ。大丈夫」

……実際には、大丈夫などではなかったのだが。

俺が見上げた先。祭壇に置かれた遺影に写った母の顔が――。

磨りガラスの中にでも入っているかのようにぼやけて、全く見えなかった。

それ以外のものははっきりと見えるのに、遺影の枠の中だけが、モザイクがかかっているかのように視認することができないのだ。

一瞬それは、俺だけに起こっているのではなく、他のみんなにも同様に見えているのかと思ったが、どうやらそうではないらしい。

周囲の様子を窺うと、俺以外の人間にはちゃんと遺影が見えているみたいだった。

おまけに。

自分でも拍子抜けするくらい、母の一周忌に際して何も感じなかった。

白百合も、父も、周囲の人間も故人を悼(いた)んで、悲しみに暮れる様子を見せているのに。

実の母の一周忌だというにもかかわらず、自分でも引いてしまうほどに心が全く動かなくて。

それが逆に、俺の心の中に大きな動揺を生んだ。


そうして、次に異変が生じたのは、その夜のことだった。

心地よい微睡(まどろみ)の中。
ふわり、とやわらかい手が頭を撫でた。
俺は、それをなんの根拠もなく、母の手だと思った。
自分はいま膝枕されていて、母が頭を撫でてくれているのだと。

(——蓮)


優しい声が耳をくすぐる。

小さな自分の体を預けた膝は、温かくて柔らかくて。

ああ、いままで俺が見ていたのは、悪い夢だったのだな、と。

とろとろと微睡に浸る。


(——ふふっ。あなたほんとに、甘えんぼさんよね)


優しく頭上から聞こえてくる母の漏らす笑い声と、自分を撫でてくる手が気持ちよくて。

よかった。いままでみていたのがわるいゆめで。

かあさまのいないせかいが、ほんとうじゃなくてよかった。

そんなふうに、一気にほっと安堵した瞬間。

それまで、自分の身を預けていたそれが、急に存在を失った。

それと同時に、周囲を纏っていた温かくて優しい空気も、一気に冷えたものに変わる。


——えっ？

幸せだった空間から急転直下した周囲に身をすくませると同時に、一気に意識が覚醒した。

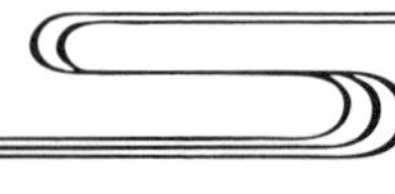

「——はっ……！」

激しい動悸と共に、はっと目を覚ます。

目覚めた瞬間、荒く吐き出る息と同時に、ここがどこなのかをすぐに判じることができなかった。

見慣れた寝台の天蓋と、両脇に眠る妹たち。

それで急に、今見ていたものが夢だったのだと一気に自覚する。

「…………は」

同時に、激しい衝動が急激に迫(せ)り上がってきて、思わず胸を押さえ。

両目から、とめどなく溢れ出る涙を、堪(こら)えられなかった。

——今のは。

かつて俺として自覚する前の自我の、【西園寺蓮】が見せた夢なのだろうか？

母がもう存在しない、という喪失感で、胸が締め付けられるように辛く苦しかった。

俺は、音を立てないようによろよろと寝台から起き上がると、妹たちに自分の有り様を悟られぬよう、静かに部屋を出る。

そうして、周囲に誰もいないことを見て取ると、縁側にうずくまり、とめどなく迫り上がってくる感情のままに一人静かに嗚咽を漏らした。

「ふっ……、う……」

自分でも制御できない悲しみが、胸の奥から溢れるように込み上げてくる。

記憶がないのに、感覚だけでこれなのだ。

肩を震わせ、廊下にぼたぼたと涙をこぼしながら、頭の片隅でぼんやりと思う。

全てを明確に覚えていたら、きっと今の俺のように周りに気を配って生きていくことなどできなかっただろう。

——そうか。

だからきっと、無意識に母の存在を、意識の外に置くようにしていたのだ。

それを行ったのが俺自身なのか、かつての【西園寺蓮】なのか、自分でもわからないけれど。

「う……、うう……」

これほどの悲しみが、いったい今まで自分のどこに隠れていたのだろうと背中を震わせながら。

その夜はひとしきり、感情のままに。涙を出し尽くすまで、一人静かに泣いた。

夜空に昇った月が、縁側でうずくまる俺を、明るく煌々（こうこう）と照らしていた。

◆

母の一周忌を終えた後。

あの、俺が母の夢を見た夜以来は。

あれで一旦、溜め込んでいたものを吐き出してスッキリしたのか、それとも母のことを思い出せないモヤモヤの原因がはっきりして納得がいったのか、それ以来俺は母の夢を見ることも、あんな風に突然の感情に襲われることもなく、日々は坦々と過ぎていった。


二月に入って少しすると、セツが妹たちのために雛人形を飾ってくれた。

それも、一セットだけではなく、白百合と菊華の分それぞれにだ。

もともと西園寺家にあった白百合の雛壇と、早苗さんが持ち込んだ菊華の雛壇。

我が家には今、雛壇が二セット存在していたわけで。

最初は、ふたつを同じ座敷に並べるかという話もあったのだが、せっかくだから菊華の雛壇は早苗さんの目につきやすい応接室に。白百合の雛壇は子供部屋のある離れに置くことにした。

そうすることで、早苗さんも自分の持ち込んだ雛壇がメインどころに置かれて悪い気はしないだろうし、妹たちは白百合の雛壇を近くで楽しめるという配慮である。

結果、それは予想通り早苗さんの自尊心を満たす役割を果たしたようで、雛壇を飾っている間、応接室の雛壇を来客に褒められることで、常に機嫌を良さそうにしていた。


「にいたま、おにんぎょあそびは？」

菊華と白百合と三人で、並んで雛壇を眺めていると、菊華がくいくいと俺の服の袖をひっぱりながらそんなことを尋ねてくる。

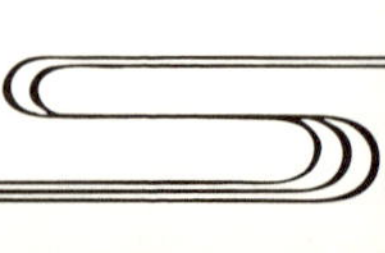

「あれは、菊華と白百合を守るお守りみたいなものだからね。お人形遊びをしたらダメなんだよ」

そう言って、菊華の頭を撫でながら諭す。

でも実際には、雛人形で遊ぶことで触って厄落としするというゲン担ぎもあるらしいので、一概にダメっていうわけじゃないらしいんだけどね。

その辺りの話は、セツが俺に世間話がてらに教えてくれた。

そうして教えてくれた上で、

「とはいえ、菊華お嬢様は非常にお元気でいらっしゃるので、遊んでいるうちに壊して、奥様に叱られてもいけませんからね」

ある程度大きくなって分別がつくまでは、雛人形で遊ぶのはお預けですね――と、しっかり釘も刺してくれた。

本当にセツは、よくわかってるよ……。

菊華の粗相によって、菊華が早苗さんから叱られることを見越して、注意してくれているのだ。

よくできた使用人に恵まれて、本当に幸せです。

そうして、雛人形で人形遊びができないことに不満げな菊華に白百合が、

「菊華ちゃん。お人形遊びなら、私のお人形と菊華ちゃんのくまたんで遊びましょう」

とうまいこと菊華の気をそらしてくれた。

いつのまにかくまたんが、【菊華のくまたん】になっていることに、白百合のふところの深さを感じるよ……。（涙）

本当に、この子はちゃんと、折に触れて労ってあげないとなあ。

と、強く誓う俺なのだった。

離れの雛壇の前で白百合と菊華がそれぞれのお人形で仲良く遊ぶ姿は、この時代にデジタルカメラがあれば連写して撮りまくりたいほどに、微笑ましく平和で可愛かったです……。

ひな祭り当日の夕食には、料理長が白百合と菊華のためにちらし寿司とはまぐりのお吸い物を用意してくれた。

俺が妹たちを可愛がっていることを知っている料理長は、わざわざ前日に「明日はお二人のために、かわいいひな祭りのお食事を用意しますからね！」と伝えに来てくれた。

そりゃそうだよね。あれだけ妹たちのためにお菓子を作りたいと言って厨房を借りていたら、俺が兄馬鹿だってことは察するよね……。

張り切って作りますね！　と言ってくれた料理長に「ありがとう、よろしくね」と答えたのだが。

そうして当日出された、お花のモチーフがちりばめられたちらし寿司は、白百合と菊華が夕食の席で思わず感嘆の声を上げたほどに、華やかで可愛らしいものだった。

セツにしても料理長にしても、みんなうちの妹たちにめちゃくちゃ優しくしてくれて、俺嬉しいよ……。

改めて『周囲の人間に物凄く恵まれているな』ということに感謝の念を抱いた、ひな祭りなのであった。

――そして、ひな祭りの翌日。

「あれ、もう片付けちゃったの？」

学苑から帰ってきて、雛人形を収めた箱を片付けている使用人たちと出くわした俺が、セツにそう告げると。

「片付けるのが遅いと、お嫁に行き遅れると申しますからね」

お嬢様方に早く良いお相手が見つかり、お嫁に行っていただくのもセツの使命ですから――と。

セツにそう言われた俺は、思わず蒼梧のことを思い出した。

お嬢様のお相手――、原作のヒーローである、東條蒼梧。

原作の『しらゆりの花嫁』で白百合の相手役となる蒼梧は、次期東條家当主としての鋭いカリスマ性を持ちながらも、白百合に対してはどうしても想い惹かれる気持ちを抑えきれず、甘さダダ漏れの溺愛を向けるという、いかにも女性向け恋愛小説のヒーローといった立ち位置だった。

あれが、いまから約十年後に甘さダダ漏れの溺愛ヒーローになるのか――？

と、そんなことを考えると。

今の等身大の蒼梧を知っている俺としては、想像がつかないし違和感しかない。

それでもまあ、蒼梧のあの性格であれば不貞を働くこともないだろうし、家柄も文句なしだし、妹の結婚相手としては不足ない相手だとは思う。

思うんだけど――、とは思いつつ。

「……おい、俺の顔に何かついてるのか？」

「え？」

いつもの放課後の、蒼梧と図書室で勉強をする時間。

真向かいに座る蒼梧からそう問いただされて、自分でもハッとした。

どうやら、無意識に蒼梧のことをジロジロと見つめてしまっていたらしい。

蒼梧本人からそう指摘されるまで、自分が無遠慮にじろじろと蒼梧を見ていたことに全く自覚がなかった。

「……ごめん、あんまり意識してなかった」

「ふん。まあ別にいいが」

どこかバツの悪い気持ちでそう答える俺に対して、突っ込んできた割にはさらりと引いた蒼梧がそう簡潔に答えると、興味を失ったようにまた手元の参考書に視線を戻す。

……昨日セツと、白百合が将来、嫁に行く話なんかをしちゃったからだなあ……。

値踏みをする、というわけではないが、自分の妹の結婚相手としてどうなんだろうと、下世話にも思って見てしまっていた気もしなくはなかった。

そうしてそのまま、ふと思っていたことを何の気なしに口にする。

「……蒼梧ってさ、女性に対して興味とかある？」

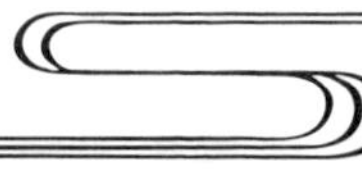

「……あ？」

俺の言葉に、蒼梧が訝しげに眉を顰める。

「なんだそれ。俺が男色なのかとかそういうことか？」

そう言って、言ってしまった後に、自分が相当に不用意な発言をしてしまったことに気付く。

「いや、ごめん。そうじゃなくて」

蒼梧から、なんとなく負のオーラが溢れ出ているのが目に見えずともわかった。

慌てて俺が蒼梧に向かってそう否定すると、昨日、我が家の雛壇を仕舞った後のセツとのやりとりを説明した。

「僕なんかまだ、妹たちの将来のことは考えられても、自分が結婚するなんて実感が湧かないなと思ったから。蒼梧はどうなのかと思って」

弁明のために連ねた言葉ではあったが、口にしたことは事実そう思っていたことではあった。

蒼梧にもちゃんとその意図が伝わったのか、不穏になりかけた空気をすっと取り下げてくれた。

「……まあ、そういった点で言うと、俺だってお前とほぼ一緒だ。俺は他に兄弟もいないし、結婚して後継ぎを残さなければいけないというのは重々承知しているが。じゃあ実際に誰とと言われたって、今の時点で実感なんて湧かないだろ」

好いた相手がいたとしても、家の事情でうまくいかないことだってあるしな――と。

「……そうだよね」

蒼梧の言う通り。

華族の結婚なんて、恋愛結婚できるほうが稀(まれ)である。

大体は、親が決めた相手とお見合いして、お互いそりがあえばというのがほとんどである。

そんな話も、実際に自分が目の当たりにしたわけではなく、クラスの他の生徒たちや使用人の噂話、食事中の早苗さんの話す世間話から得た耳年増(みみどしま)的な情報ではあったが。

「でもまあ――、相手に対して強いていうなら、おとなしい相手がいいかな」

「……おとなしい方」

「ああ。うちは母親が世話焼きで姦(かしま)しいから」

どちらかというと、落ち着いてて静かな方がいいな、と蒼梧が言う。

落ち着いて静かで、おとなしい――。

………白百合じゃん。

蒼梧の口にしたタイプの女性がまさに自分の妹で、正ヒロインじゃんか……という結論に辿り着き、『やっぱりそこは原作通りなのかあ……』と心の中で一人思った。

「……なんだよ」

「なんでもないよ」

……俺、いつかこいつに「義兄(にい)さん」とか呼ばれる日が来るのかな？

それならそれで別にいいのだけど、いや、――いや。

蒼梧が白百合に惚れたとて、白百合も蒼梧を好きでないのなら、俺は兄として断固白百合の幸せの方を優先させてもらうけれども――。

そんな、起こるかどうかわからない未来のことを考えていたら「お前今日ほんとにどうしたんだ？」と蒼梧に変な顔をされた。

「ああ、うん。ごめん」

そうだね、ちょっと先のことを案じ過ぎて、妄想しすぎちゃいましたね——。

蒼梧に指摘され冷静になった後、一人行き過ぎた妄想をしてしまったことを、反省した俺なのであった。

結論から言って、蒼梧はいいやつなのだ。

最初の出会いこそ、傲岸不遜かつ唯我独尊（ゆいがどくそん）な人間なのかと思ったが、実際に友達として接してみると、情が深くて思いやりに満ちた少年である。

まあ多少、威圧感と存在感が強いのは否めないが。

——そんなある日。

放課後の図書室で、俺が珍しく出された宿題の手が進まず、コツコツと机を叩いていたら、正面に座っていた蒼梧に「おい、蓮。うるさいぞ」と注意された。

「ああ、ごめん」

「何をそんなに悩んでるんだ。珍しいな」

そう言って、蒼梧が俺の手元にある原稿用紙に目を留める。

「作文か？」

「……うん」

それは、昨日国語の授業で教師から出された作文の宿題だった。

作文のお題は――『母親について』。

「…………………」

蒼梧は、原稿用紙の一行目に書かれてある『僕の母親について』という文字を見て、事情を察したのだろう。

原稿用紙を見て、ちらりと俺を見て。

そのまましばらく黙りこみ、じっとしていたかと思うと、突然がたっと大きく音を立てて席から立ち上がる。

「……ちょっと蒼梧、どこ行くんだよ」

「先生に異議を申し立てに行く」

「は!?」

有無を言わせない様子でそう言い切る蒼梧に面食らう俺。

「異議申し立てって、作文のお題の？」

「そうだ」

わかってるなら邪魔するなとでも言わんばかりに、くるりと踵を返して図書室から出て行こうとする蒼梧を、俺は慌てて追いかける。

「待て待て待て！　蒼梧！」

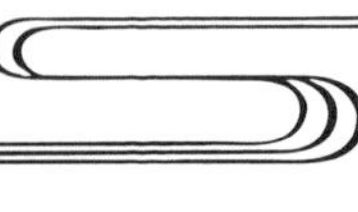

「何を待つんだ」

「いやだって、異議申し立てしてどうするの!?」

もうすでに今のお題で書き出しちゃってる子もいるだろうし！

お題を変えろと進言するのかどうするのかはわからないが、そんなことわざわざ異議申し立てするようなことでもないだろ、と蒼梧を思い留めさせようとする。

――そこに。

なんとも折あしく、ちょうど図書室に向かっていたのか、例の作文のお題を出した国語教師が廊下の向こうから歩いてきたのだった。

「先生」

「おや、どうしましたか東條くん」

蒼梧が呼び止める声に、国語教師が足を止める。

「作文の宿題が出されるという話を聞きました。僕たちのクラスでも、明日の授業で同じ宿題が出されるのでしょうか」

「ちょっと、蒼梧……」

真っ直ぐに教師に質問する蒼梧を、俺が小声で窘める。

しかし、蒼梧はそんな俺をぐいっと力で押し退けると、そのまま有無を言わさない様子で国語教師の返事を待った。

「はぁ……、宿題の内容を他クラスの生徒と教え合うというのはあまり褒められたことではありませんね」

「教え合ったのではありません、偶然目に留まってしまっただけです」

蒼梧が毅然と答えるが、そうは言っても教師の言う通り、他のクラスの人間の前で深く気にも留めず宿題を広げたのは俺の落ち度だ。

ああ、そう考えるとそもそもがそこからの問題だったか……。

と一人内心で反省していると、

「失礼を承知で申し上げますが、先生の出されたお題は非常に繊細かつ慎重な問題を抱えています。華族の中には複雑な家庭事情を持つ者や、あまり喜ばしくない経緯で今の境遇にいる者も少なくありません。作文のお題はひとつに限って出すのではなく、複数提示しそこから選択させる方が良いのではないでしょうか?」

それでも――、その境遇を乗り越えてでも作文を書き上げることに意義を設けていると先生がおっしゃるのであれば、これ以上意見を申し上げることもありませんが――と。

「…………なるほど」

蒼梧の言葉に国語教師が相槌を打ち、考え込むように顎に手を当てる。

確かに――、蒼梧の言っていることはもっともだと、隣で聞いていた俺も思った。

自分の境遇がそうだからということはさておき、実際華族の家庭事情はどこも複雑で、子供に恵まれなかったから兄妹の子供から養子を迎えたり、芸妓に産ませた子を実子として認知はするが、受け入れられた先の家では冷遇されるなど、必ずしもみんながみんな恵まれた境遇と言えるわけではなかった。

蒼梧が言いたいのは先生の出した作文のお題が悪いということではなく、お題自体を増やし、み

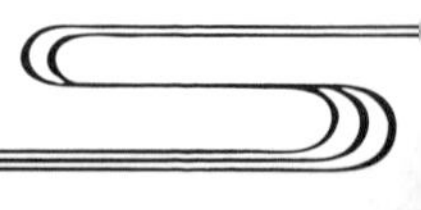

んなが好きなことや興味のあることを題材に書けるようにと進言したわけだ。

「ふむ……。わかりました」

そう言うと、国語教師が顎に当てていた手を離し、ちらりと俺を見た後に蒼梧に向かって言葉を返す。

「東條くんの言っていることは理解しました。確かに、お題の提示については一考の余地がありそうです」

明日の授業では、みんなの意見を聞いてから、お題を増やした方が良さそうであればそのようにしましょうと先生が言った。

「もしお題を増やす際には、すでに宿題を出しているクラスにも、その旨通達をしていただきたいのですが」

「もちろんです。貴重な意見をありがとうございます」

「こちらこそ、生意気にも教師に対して進言したことを聞き入れてくださり、感謝します」

蒼梧がそう言って、折り目正しく国語教師に向かって頭を下げると、「東條くんは友達想いなのですね」とにこにこと言い残して国語教師が去っていった。


……………はあああああああああ……………………。

教師が去ったことと、唐突に緊張が緩んだことと安堵したことで、どっと疲れて思わずしゃがみ込んだ。

「なんだ、どうした」

「どうしたじゃないよ……」

突然何を暴走し出したのかと思ってヒヤヒヤしたわ……！

まあ結果、ことなきを得たわけだけど……。

国語教師は教師の中でも比較的温厚で人柄の良い人物だから良かったものの。これが厄介な教師だったらこんなにあっさりとは終わらなかっただろう。

改めて蒼梧の猪突猛進（ちょとつもうしん）さを感じる一件だった。

「……言っておくが、別にお前のためにやったわけじゃないからな」

しかもなんか、ツンデレヒロインみたいな言い訳するし。

「わかってるよ。でもありがとう」

「ふん……」

そうやって少し落ち着いてみると、蒼梧の取った行動の気持ちもわからなくはなかった。

多分俺も、これが白百合や菊華に降りかかったことだったら、こいつと同じようなことをしただろうから。

俺と同じように、『母親』というお題の作文を宿題に出され、原稿用紙を前に困った顔を見せる白百合と菊華を想像したら――。

そう思うと、俺も蒼梧のこと、否定なんてできないだろうな――と、一人苦笑する俺なのだった。

結局そのことを機に、蒼梧が教師に進言した通り作文のお題は増やされることとなり、すでに出された俺のクラスにもその通達は回ってきた。

追加されたお題は『これから努力をしていきたいこと』。

『破滅回避のために周囲と友好な人間関係を作っていくことです！』とは書けないので、『多くの華族たちのお手本となれるよう、日々の生活での振る舞いを意識してうんたら』的なことを書いて提出した。

我ながら無難な内容だと思うが、作文で目立ちたいわけでもないのでこれぐらいが妥当だろう。

ちなみに、蒼梧が国語教師に物申して題材を増やしてもらったことは瞬く間に校内の噂になり、『さすが四大華族筆頭家嫡男。物事に対する捉え方と、他者を思いやる気持ちに溢れている』と周囲からの株も急上昇した。

それについて『いやいや、ただの瞬間沸騰型猪突猛進男だぞ』と思わなくもなかったが、しかし行動の根幹については概ね間違っていないし、今回のことで蒼梧に助けられたことも純然たる事実であったため、余計なツッコミはいつもどおり黙って胸の内に収めておいた。

第八章　ヒロイン、初等部に入学する

——春。

あっという間に季節は巡り、とうとう白百合の初等部入学の時が来た。

その前に行われる幼稚舎の卒舎式についても本当は俺も見に行きたかったのだが、残念なことに式が行われるのが平日の日中だったため、泣く泣く諦めて学業を優先した。

ああ……、この時代、ビデオカメラがあったら間違いなく白百合の卒舎式の様子を収めてきてと頼んだだろうに……！

そんなことを思いながら、帰ってきた白百合にお祝いを言って、幼稚舎の制服姿を見られるのも今日が最後なんだなと寂しさを噛み締めた。

しかし、それはそれとして。

原作小説では叶わなかった白百合の初等部入学。

それが、現実に叶う日がきたというのは、非常に感慨深い——ことだったのだが。

入学式の朝。

予想外なことにその日、まさかの悪役令嬢(きつか)が、朝から大暴走を起こし始めたのだった。

「やだあ……！　きっかもいっちょがいい……！」

「菊華。菊華が初等部に上がるのは来年だから」

「でも、にいたまとねえたまはいっちょなのに……！」

「菊華ちゃんも来年になったら一緒ですよ」

白百合の幼稚舎卒舎の時は素直にお祝いしていた菊華が、なぜか白百合の初等部入学の日に急に駄々をこね始めた。

どうやら、初等部の制服に袖を通した白百合を見て、俺と白百合は同じ制服なのに自分だけ制服が違うことに気付き、疎外感を感じたらしい。

さらに、これからは兄と姉の二人は同じ初等部に通うのに、自分だけが幼稚舎に行くのだというシチュエーションにもショックを抱いたようで。

「うゆ……！　うぅう……」

「菊華ちゃん……」

両目いっぱいに涙を溜めて泣くのを堪えようとしているのを見ると、何とかしてあげたい気持ちにもなるけれど、こればっかりは何ともしてあげられない。

そんなことを思いながら、

『菊華の幼稚舎の制服はまだ一年しか着てるとこ見てないし、兄様まだ見足りないなあ』とか。

『幼稚舎の制服すごく可愛いし似合ってるから、もったいないよ』とか。

いろんな言葉で散々宥めすかそうとしてきたけれども、そろそろタイムリミットだ。

いい加減家を出なければ、入学式に間に合わなくなってしまう。

「じゃあ、悪いけどセツ、菊華のことお願いしてもいいかな……！」

「はい、蓮様。いってらっしゃいませ！」

「さ、行こう白百合」

「うゆっ、にいたまあ……！」

「お、お兄様……！　菊華ちゃん……！」

後のことはすべてセツに任せて、とりあえず白百合を連れて家を出ることにした。

ひとまず元凶の俺たちさえいなくなれば、菊華もしばらくしたら少しは落ち着くだろう！　と思う！　頼むから！

「うゆっ……、うぃぃぃぃ……！」

セツに抱き止められながらも追いかけてこようとする菊華が可哀想だったけれど、後ろ髪引かれるのをグッと堪えて学苑へ向かった。

ごめんね菊華……！

とはいえさすがに、白百合の入学初日から遅刻するわけにもいかないし！

帰ってきたらいっぱいお詫びするから今はごめん……！

と、心の中で、謝罪の言葉をたくさん並べながら、白百合と車に乗り込んだのだった。

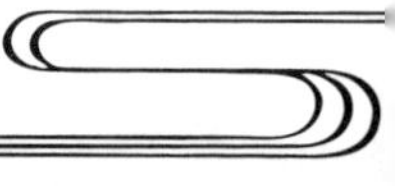

――そして、場所は変わって。

ここは華桜学苑正門前。


華桜学苑初等部の制服に袖を通し、花びらの舞い落ちる桜並木を凛として歩く白百合は、誰が見ても目を引くほどの可愛らしさだった。

まあそうだよな……。

原作では不遇な幼少期を送ってはいたが、そうは言っても正ヒロインだぞ……。

可愛くないわけがなかろう！

今回、入学式には父と早苗さんも列席するが、二人は後から参加するため、白百合を初等部まで連れていくのは俺の役目だった。

俺が先導しながら白百合と学苑内を歩くと、周囲を取り囲む人たちがひそひそと囁き合うのが耳に入る。


「あれが西園寺家の……」

「素敵……！　まるでお姫様を守る騎士みたい……！」

「御兄妹揃って麗しすぎます……！」


…………。

あれ？　こんなに目立つつもりなかったんだけど……。

……………まあいいか。

これで、俺にとって白百合は庇護対象だと示せれば、そうそう変なちょっかいかけてくる奴もいなくなるだろ！

そうして、新一年生の待ち合わせ場所まで白百合を送り届けた後、自分も新学年である五年生のクラスに行ったところで、見知った顔が俺を待ち受けていた。

「蓮。お前すごい目立ってたな」

………………。

白百合のことばっか考えてて、蒼梧のこと忘れてたわ……。

どうやら今学年は、蒼梧と同じクラスになるらしいです。

とまあそんなこともありつつも。

とりあえず、白百合の初等部入学はつつがなく終えることができた。

なんかあれだな。

今朝は菊華のバタバタでそれどころではなかったが、改めて見ると、原作では見ることができない白百合の初等部の制服姿を、しかも華桜学苑内で見られるというのは、ちょっと感慨深い。

入学式も終わって、白百合と一緒に帰宅するために待ち合わせ場所で待っていたのだが、離れたところから初等部の制服姿で近づいてくる白百合を見つめると、なんだかぐっとくるものがあった。

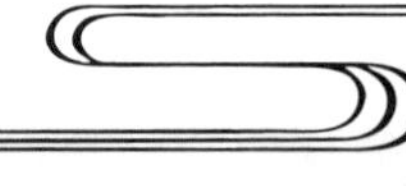

「お兄様」

俺の姿を見つけた白百合が、嬉しそうにはにかんで近づいてくる。

「あらためて、入学おめでとう白百合。あと、制服姿も凄く可愛いよ。よく似合ってる」

朝の菊華のこともあって、まだ白百合にはちゃんと「おめでとう」を言ってあげることができていなかった。

だからいま、ようやく二人になって落ち着いたタイミングで白百合にそう告げたら、白百合が「ありがとうございます……」と言いながら心から嬉しそうに笑った。

——ああ、よかった。

これでまたひとつ、大きな課題をクリアすることができたな——、と安堵した俺なのだったが。

「…………」

「菊華？」

「…………」

「……ねえ菊華」

「…………」

ふてくされながらも、べったりと。

すっかり機嫌を損ねて、ふくれっ面した菊華が、俺の腕にがっちりしがみついて離れない。

あれから、白百合と共に菊華を迎えに幼稚舎まで出向いたのだが、むくれたままズンズンと近づいてきた菊華にがしっと摑まれ、それから帰宅する車の中でもずっとこんな調子である。

「菊華、ほら降りるよ」

「…………」

車が家に着いたのでそう促しても、あいかわらずむっつりだんまりのまま。

さすがの白百合も困ったように笑うことしかできないみたいだった。

「ねえ菊華。今日は白百合のお祝いの日なんだよ？　ちゃんとおめでとうしてあげよう？」

俺がそう言うと、躊躇うように菊華の瞳が少し揺れたが、引っ込みがつかなくなったのか結局は態度が変わることはなく。

「菊華だって、自分がおめでとうされる時に白百合がぷんぷんしてたら嫌でしょ？」

「…………」

多分、理屈ではわかっているけど、気持ちが収まらないのだろう。

俺の言葉に菊華がぷいっと顔を背ける。

まあ、子供ってそうだよな……。

理屈じゃ収められない衝動を、大人になるに連れて少しずつ折り合いをつけられるようになっていくものなのだ。

それをすぐに菊華にわかれっていうのも酷なのはわかってるんだけどね。

「兄様は、今日は白百合におめでとうしてあげたいから、菊華が一緒におめでとうできないなら、菊華を置いて白百合と行っちゃうよ？」

「…………！　やだぁ…………！」

しがみついてくる菊華の腕を剝がし、一人で車を降りようとすると、剝がされまいと菊華ががしりと力強く摑んでくる。

「菊華」

「だってぇ……。うっ……、きっかも、にいたまとねえたまといっちょがよかったんだもん……！き……、きっかだけひといぼっちなのやなんだもん……！」

声を震わせながら、みるみる瞳に大粒の涙を浮かべ出した菊華を見て、俺は思った。

――この子はきっと、寂しいのだと。

単に、今日の出来事だけの話でなく、多分、根本からそうなのだ。

母親からまっとうな愛情を受けて育ってきておらず、幼い頃からずっと、寂しさを抱えて過ごしてきたのだろう。

それが、何かの折に触れた時に、こうして爆発して発露する。

この子の涙は、今までずっと孤独に耐えてきた【西園寺菊華】そのもののようにも思えた。

そう思って俺は、胸の内に湧き上がる傷ましさを抑えながらも、菊華をぎゅっと抱きしめた。

「菊華。兄様も姉様も、菊華と一緒だよ？　ひとりぼっちじゃないよ。おうちでいつも一緒だし、離れていてもちゃんと菊華を大事に思ってる。でもね、僕も白百合も、菊華より少しだけ先に生まれてきたから、菊華よりも少しだけ、先のお勉強をしなきゃいけないんだ」

抱きしめた菊華をあやすように、背中をぽんぽんとたたいてやりながら、ごく小さな声で、ゆっくりと耳元で囁く。

「三人の中で菊華が一番下で妹だから、僕も白百合も菊華を守ったり教えてあげたりするために、ちょっと先のお勉強をしてるんだよ。菊華が一気に初等部に入れるくらい大きくなっちゃったら、それはそれで兄様も寂しいよ」

「……にいたまさびちいの？」

「うん。だって、今のままの菊華と、もう少し一緒にいたいからね」

一気にお姉さんになっちゃったら寂しいなあ——と。

そんな想いが、正確に菊華に伝わったわけではないのだろうが。

「…………」

腕の中で、菊華がもぞりと身じろぎするのが伝わってきた。

どうやら、少しだけ気持ちが落ち着いたらしい。

ひっく、としゃくり上げながら、鼻を赤くした菊華が少しだけ俺から身を離すと、反対側でじっと座って様子を窺っていた白百合に向かって、おずおずと口を開いた。

「…………ねえたま」

「なんですか？　菊華ちゃん」

そんな菊華に、白百合はいつもと変わらぬ優しい微笑みを浮かべて、呼びかけに答える。

「ごにゅがく、おめでとうごじゃます……」

「…………ありがとうございます。菊華ちゃん」

白百合はそう言うと、仲直りをするように、菊華をぎゅっと抱きしめた。

——雨降って、地、固まる。

ふてくされた菊華には困らされることもあるが、最終的にこういうことのひとつひとつが、俺た

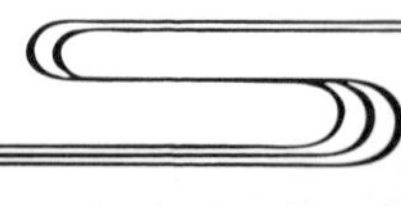

ち三人の仲を深めて行くのだ。

もとを正せば、菊華のぐずりの根本も、兄と姉が好きだからというのが理由である。

ぐずっている間こそ大変だけど、落ち着いてみるといじらしさと可愛さしか感じないよね。

とはいえ——。

今回のことで。

俺は結局、悪役令嬢の寂しさというのは、思っていた以上に根深いものなのだなあとまざまざと感じた。

物語の構造上あたえられたポジションであり、本人の意思でなく陥ってしまった状況であるが故に、余計に悲しい。

そう思うと俺は、やっぱり原作云々より、この可愛い小さな妹を幸せにするために、よりいっそう愛情をかけていこうと決意するのだった。

——華桜学苑の運動場に、ボールが的にパァン！　と当たる音が高く響く。
毎年恒例の、学年初めの異能測定だ。
初等部の異能名簿に【念力使い】として登録されている俺は、渡された野球ボールを、異能の力で次々と的に当てていく。

ひとつ投げると、少し後ろに下がって距離を取ってからまた投げる。

それを繰り返しながら、コントロール能力を測定されるのだ。

ちなみに、俺の隣でも蒼梧が似たように的当てをしていた。

蒼梧の能力は、【念力発火能力者】。

自分の意思で火や雷を発生させ、それを風力を使って任意の方向へ拡散・発射することができる。

蒼梧の試験は、俺みたいに固形物で的当てするのではなく、自らが生み出した火や雷を的に向かって当てていく。

……正直、かっこいいよな。

自らが生み出した炎で敵を焼く、とか。

雷撃をレーザービームみたいに打ち出す、とかさ。

かたやこっちは野球ボールだ。

こういう、能力のエフェクトがかっこいいのもメインヒーロー仕様なのだろうか。

まあいいんだけど……。

なんとなく、そこはかとない敗北感のようなものを感じながら、次の試験に移動する。

コントロール能力測定の後は、力の強さ・影響力を測定する試験だ。

俺の場合は、どれくらいの重さのものまでを念力で動かすことができるか、という試験。

正直、あんまり意味ないんだけどね。

なぜかと言うと、実のところ『浮け』と念じればなんでも浮くし、『動け』と念じればなんでも動くからだ。

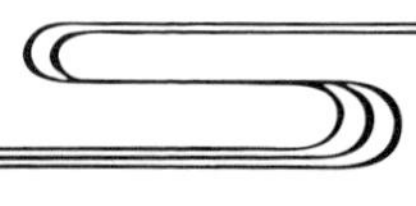

色々と検証した結果、人とか動物とかいわゆる生物には効きにくいが、意思を持たない物体であれば割と際限なくいける。

問題なのは、その後のコントロールが難しいくらいで。

だからこの試験も正直「このくらいが妥当かなあ……」というところで、「ちょっと無理ですね」と答えることにしている。

だって……、怖いじゃん……。

あんまり能力晒しすぎて、脅威判定されるの……。

……去年の異能値測定の時点で既に片足突っ込みかけている気もするけれど。

今年は一応、去年の反省も活かして、異能値測定の時も力をセーブして装置を壊さずに済ませました……。

とまあ、そんな理由もあって、異能については去年からずっと白虎の教えを受けて、能力をコントロールするということを中心に日々鍛錬を積んでいる。

日常的に、歩行するときに常に履いている靴を浮かせて空中浮遊の真似事してみるとか、こっそりとそんな鍛錬を続けていたら、いつのまにかマルチタスクで能力が使えるようになった。

やっぱりね、日々の努力って大事ですよ。

うんうん。


そうして、測定の翌日。

「……ちっ。今年もまたお前が一位か」

張り出された上位能力者の順位を見て、蒼梧が悔しそうに呟く。

張り出された結果の順位は、一位が俺、二位が蒼梧だ。

「むしろ僕としては、神獣の加護なしであれだけ能力ぶちかませるお前の方が怖いよ……」

お世辞でも謙遜でもなく、心からそう思って、隣に立つ蒼梧に告げる。

いや、だってね？

この人、本気でやると多分この運動場まるっと消し飛ばせるだけの力はあるからね？

コントロールについてはいまのところ俺に分があるけど。

力任せにドカンとやるだけって話になると蒼梧の能力は相当に規格外だ。

そんなことを思いながら蒼梧と二人で掲示板を離れ教室に向かって歩きだすと、周囲の女子たちからきゃあっ……と色めいた声が聞こえてきた。

去年からつるむことが増えた俺と蒼梧だったが、今年に入って同じクラスになってからは四六時中一緒にいることが当たり前のようになり。

どうやらいつのまにか、俺と蒼梧の二人組が華桜学苑の女生徒たちにとって、いわゆるアイドル的な存在になっているらしかった。

そんな成り行きに『いやいや、どんなラノべの世界だよ』と思わずツッコミを入れた俺だったが。

はいすいません。ここ、まさにラノべの世界の中でしたね……。

かつて普通の一般男子、いわゆるフツメンを是として生きていた身としては、ちやほやされて舞い上がるというよりも「はぇ……。すげえなあ……」という客観的な感想しか持てないのだが。

しかし、そんなことを全く気にも留めず、ひとつも動じることのない隣の相方を見ていると、慣れているのか単に鈍いのかはわからないが、これがメインヒーロー特性なのかとも思った。

はてさて。それはそれとして。

華桜学苑の敷地内には、【紫雲亭(しうんてい)】と呼ばれる建物がある。

【紫雲亭】——。

それは華桜学苑の中でも選ばれた者しか入ることが許されない、いわゆるエリート専用サロンだ。

正式に所属となるのは中等部から。

ただしそのメンバーは、初等部高学年の段階から選別の対象となり、ふるいにかけられていく。

選別するのは主に現在紫雲亭に属しているメンバーで、家柄、人格、学力、能力のいずれが欠けていても選ばれることはない。

そんな中で、数年に何人かは初等部高学年になった段階でスカウトされるものもいるのだそうだ。

そして、そこに所属しているエリート集団のことを、その建物の名にあやかり【紫雲亭】と呼んでいるという——。

「——お前は確実に、紫雲亭メンバーに内定してるだろうな」

「そんなこと言うなら蒼梧だってそうだろ」

「まあな」

すっかりおなじみになった昼食後の中庭で、蒼梧が子猫姿の白を撫でながらそんな話題を切り出してきた。

「紫雲亭か……」

ちなみに、原作の『しらゆりの花嫁』では、西園寺蓮は紫雲亭入りは果たせていない。

まあ……、主に人格面と能力面でダメだったんでしょうね……。

原作では、高等部から華桜学苑に編入することになった白百合が、学苑に紛れ込んできた妖を撃退するというエピソードを経て、特例として紫雲亭に入亭するというエピソードが出てくるのだが。

その当時は「まあ、作者の人がこういう学園の特権階級的な物語が好きなんだろうな～」と他人事として読んでいたのだけれども。

——まさかそれが我が身に降りかかってくることがあろうなどと、一体誰が予想し得ただろうか。


そして、そんなことを話していたからなのか。

噂をすればと言わんばかりに、その日の放課後、高等部に所属する紫雲亭所属者からお声がかかった。


「東條蒼梧様、西園寺蓮様。明日の授業の後、少しお時間をいただけないでしょうか」

そう言って俺たちに声をかけてきたのは、どこか神秘的で清楚な印象の、高等部の女生徒。

俺も蒼梧も、「明日であれば構いません」と承諾すると、その女生徒は、

「では明日、またこのお時間に迎えに参りますね」

とふわりと笑みを残し、軽やかに去っていった。

「きゃぁ……！　今のって、高等部の綾小路様ですわよね……！」

「あんなに華奢でお優しそうなのに、とてつもない【天授の力】をお持ちだとか……」

「というか、東條様と西園寺様、もう紫雲亭からお声がかかったってことか……!?」

「うおお……！　さすがだぜ！　お二人とも、能力の高さがずば抜けてるもんなあ！」

綾小路と呼ばれた女生徒が教室から立ち去った後、状況を見ていた同級生たちが口々に騒ぎ出す。

「……」

それを、どこか冷めた目で見つめていた蒼梧が、黙って鞄を手に取り立ち上がったので、俺も後を追うように席を立つ。

去り際に、一応教室のみんなに釘を刺しておくことも忘れずに。

「まだそうだと決まったわけじゃないから。みんな、くれぐれも内密にね」

そう言って、口元に人差し指を立て、沈黙を守るようにと示すと「行くぞ、蓮」と蒼梧が急かしてくるので、「はいはいわかったよ」と言って教室を後にした。

明らかに、何かで不機嫌になっているような表情で先を行く蒼梧だったが。

――こいつ、自分がクソほど努力しているせいもあって、他人の意識の低い発言を聞くのが好きじゃないんだよなあ……。

『やっぱり、四大華族の人間は違うな！』とか。

『俺たちじゃ東條様と西園寺様の足元にも及ばないよ！』とか。

先ほどのクラスの人間たちの発言、全部が全部そうだったわけではないし、『意識が低い発言はやめろよ』とか『お前たちの努力が足りないからだ』とか、そんなふうにクラスメイトにぶつけることも違うとわかっているから、耳にしないようそっと席を立つ。

これはこれで、蒼梧なりの優しさであり自己防衛ではあるのだが。

――ほんと、不器用だよなあ。潔癖すぎるっていうかさあ。

つれない態度でいることが多いので他人には気付かれにくいが、実際には俺なんかよりも蒼梧の方がよっぽど人間的に優しいと思う。

俺は割と、我が身可愛さで他人に優しくしてるだけだけど、蒼梧の優しさは一度懐に入れた相手に対しては際限がない。

この間の作文の一件なんかがいい例だ。

これ、と思った時には、自分の損得なしに動いてしまうタイプなのだ。

そんなことを思いながら蒼梧の隣について歩いていると、姿を消してついてきていた白がするりと蒼梧の足元に身を寄せようとする動きが見えたので、俺はさっと周りを見まわし、誰も見ていないことを確認して白を具現化させる。

「なぁ～～ん」

「ん、なんだ白」

そう言って蒼梧が、足元に擦り寄ってくる白を抱き上げる。

そうして蒼梧が、『どういうことだ?』と言いたげな目線でこちらを見たので「……白がお前の足元をうろちょろしてるのが危なかったから、具現化させただけだ」とだけ答えた。

実際には、たぶん白もそんな蒼梧の内心を知って慰めようと擦り寄ったように見えたので、目に見えるようにしてやっただけなのだけど。

その日は俺も蒼梧も、それ以上紫雲亭の話題を口にすることはなく、いつもどおり図書室で二人で勉強してから解散した。

そうして翌日、時間どおりに迎えにきた綾小路先輩につれられて、二人で紫雲亭に顔を出した。

「まあ、ここに呼ばれたことで察してはいるだろうが。初等部でも有能だと名高い君たちに、早く声がけしてほしいと希望する声が多くてね」

そう言って、紫雲亭に顔を出した俺と蒼梧の前で語り出したのは、現紫雲亭会長である北大路幸村先輩だ。

北大路家は苗字からも察せられる通り、俺たち四大華族のひとつで、今目の前にいるこの人は確か北大路家の次男坊だったと記憶している。

俺たちは今、紫雲亭にある部屋の一室で北大路先輩を前に、蒼梧と二人並んで座らされていた。

「僕もそうなのだが――、我々高等部二年生以上のメンバーは、君らが中等部に上がるのを待っていたら君たちと接点なく学苑生活を終えることになってしまうからね」

そんな理由もあって、俺たちを早く紫雲亭に呼び入れたいという要望が多かったのだと北大路先輩が述べた。

「いずれも四大華族の嫡男。しかも勉学の成績も異能の成績も優秀――。そんな君たちと、ぜひ交流を図りたいというメンバーが後を絶たないんだ」

『毎日顔を出せ』と強制することなどないし、各々の予定を優先した上でお互いに利を得られる形で活用してもらえたら良い。

これが、一人だけの早期入亭であったら多少の居た堪れなさもあったかもしれないが、幸いなことに俺と蒼梧の初等部生二人揃ってであれば、居た堪れなさも幾許(いくばく)かは薄まるのではないか――という配慮もあったそうで。

ソファに腰掛けながら、にこにこと人当たりの良さそうな笑みでこちらを見つめる北大路先輩に向かって、俺は率直に返答した。

「ありがとうございます北大路先輩。僕としても、早期入亭が適(かな)い、諸先輩たちからいろいろと学ばせていただけるのであれば、特に異論はありません」

「俺もです。むしろ先輩方から学ばせていただける機会を得られるなら、ありがたいばかりです」

俺の答えに続くように、蒼梧も答えを重ねてくる。

「じゃあ、決まりだな。さっそく、紫雲亭のメンバーにはその旨伝えさせてもらうよ」

こうして、俺と蒼梧の紫雲亭入りが決まったのであった。

数日後には改めて紫雲亭メンバーの前で正式に紹介されたが、どの先輩も個性はあれど人柄の良さそうな人たちばかりで、初等部生である俺たちを快く受け入れてくれた。

いずれも、家柄も人格も立派な人物ばかりだ。

ここで己の善人性アピールを十分に行っておけば、いずれ我が家の誰かがなにかやらかしたとて（現状一番心配なのは早苗さんだが）、目こぼししてもらえるだけの人脈を作れるだろう――。

そんな邪な思いで入亭を決めた紫雲亭だったのだが。


帰宅して父に紫雲亭入りの件を報告すると、さすがにこんなに早く紫雲亭の話が来るとは予想していなかったのか、それでも、驚きながらも褒めてくれた。

「初等部で紫雲亭入りを決めるとは……。これは、祝いの席を設けねばならないな」

「ほほ、ほほほ……。さすが、蓮様ですわねえ」

純粋に喜びの表情を滲ませる父と、どこか引き攣り笑いに見える笑みを浮かべる早苗さん。

「お兄様、おめでとうございます……！」

「にいたましゅごいの……!?」

尊敬の眼差しで俺を見上げてくる白百合と、おそらくよくわかっていないにもかかわらず白百合に倣ってきらきらとした眼差しを向けてくる菊華。

こうしてさらに、西園寺家嫡男として、磐石な立場を固めていく俺なのであった――。

——蓮お兄様が、すごく変わりました。

どう変わったかと言うと、ものすごく優しくなったのです。

お母様が天国に行ってしまう前は「お前にお母様をとられた」とか、「ぐず」「むのう」と言ってはわたしにいじわるをしたり、嫌なことばかりをずっと言われていました。

お母様が天国に行ってしまった後は「お前のせいでお母様が死んだんだ」とか、「お前さえいなければ」と、会うたびにどなられていました。

あの時は本当に、わたしのせいでお母様が天国に行ってしまったのだと思って、毎日泣きながら神様にごめんなさいをくりかえしていました。

もともとからだの弱かったお母様が、わたしを産んでしまったから。

わたしのせいでお母様が死んでしまったから、お兄様もわたしにいじわるをしてくるのだと。

でも。

ある日とつぜん、新しいお母様と、菊華ちゃんという妹がやってきました。

たぶん、その時くらいからです。お兄様がわたしに、優しくしてくださるようになったのは。

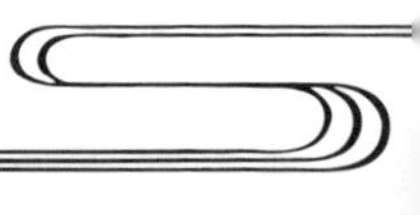

新しいお母様と妹ができると聞いた時は、すごく嬉しかったです。

だって、お母様というのは優しい方で、妹というのは小さくて可愛くて素敵なものだと思っていましたから。

でも、実際に二人に会った時には、なんだか少し怖いなって思いました。

――そう思ってしまったからでしょうか。

新しいお母様と菊華ちゃんが、わたしに対していじわるをしてくるようになってしまったのは。

わたしはまた悲しくなりました。

これはきっと、わたしが新しくきた二人に対して、『怖い』と思ってしまった罰なのだと。

もうそんな悪いことは思わないから。みんなに優しくされるようないい子になるから。

だから神様。わたしを優しい世界にもどしてください――。

きっと、わたしのそんな、必死の願いが神様に届いたのだと思います。

お兄様が、わたしが菊華ちゃんと新しいお母様にいじわるされているところを、助けてくれるようになりました。

そしてそれだけでなく。お兄様はわたしに対して、いままでとはぜんぜんちがうくらいに優しくしてくれるようになりました。

菊華ちゃんがわたしに対していじわるをしてくるのにも、「そういうのはあんまりよくないよ」と注意してくれて、お兄様のおかげで、菊華ちゃんともなかよくなることができました。

ある日わたしは、お兄様に思い切って「本当のお母様が、わたしのせいで天国に行ってしまったから、お兄様はずっと怒っていたんですよね？」と聞いてみた。

　そうしたらお兄様は「そんなことないよ。お母様が天国に行ったのは白百合のせいじゃないし、白百合がそのことで責任を感じることなんてない」と言いました。

「でも、お母様が天国に行ってしまったのも、新しいお母様や菊華ちゃんがわたしだけにいじわるをしてきたのも、わたしがわるい子だったからです。わたしが反省してわるい子じゃなくなったから、お兄様は優しくしてくれるようになったんじゃないんですか？」

「……そんなこと思ってたの？」

　わたしの言葉に、お兄様はびっくりしたように目を丸くしました。

　それから、珍しく顔をしかめたかと思うと、わたしに向かって手を伸ばしてきて、わたしのほっぺたをむぎゅりとつまみました。

「お……お兄様？」

　痛くはなかったけれど、突然のことにびっくりしたわたしが驚きながらお兄様を見上げると、呆れたようにつぶやきます。

「あのね。よくない方に考えすぎ。白百合はなにも、悪いことなんかしてなかったじゃないか」

「……でも、お母様のおからだが悪くなったのはわたしを産んだせいですし……」

「白百合を産むって決めたのは母様だよ。そこに白百合が責任を感じる必要はない」

　――まあ、前に白百合のせいだって言ったのは僕かもしれないけど……、とお兄様が気まずそうに言いながら、頬から指を離しました。

「菊華ちゃんや、菊華ちゃんのお母様にいじわるされたのも、……わたしが最初に、二人をみたときに、ちょっとこわいなって思ったからなんです」

「誰だって、初めて会う人には緊張するよ。でも白百合はちゃんとそのあと菊華と仲良くできたじゃないか」

「それは……、お兄様があいだに入ってくれたから……」

「白百合がちゃんと向き合おうとしなかったら仲良くはできなかったよ。あの時、菊華だって新しくきた家で緊張してたんだ。白百合はちゃんと菊華に対して歩み寄ったじゃない」

確かに思い返してみると、お兄様の言うとおり、最初の頃の菊華ちゃんはきんちょうしていました。あの時、わたしもはじめて幼稚舎に入った時はそうだったなと思って、菊華ちゃんのきんちょうがなくなるよう、なるべくこわくないように近づいたのでした。

「白百合から見て、僕が優しくなったように見えるんだったら、それはそれまでの僕が良くなかったからだよ。反省したんだ。僕はお兄さんなんだから、母様の分まで白百合を守ってあげなくちゃ、って。だから白百合が、自分が悪い子だったなんて思うことはひとつもないんだよ」

——お兄様に、そう言ってもらって。

わたしはその夜、部屋に戻ってこっそり一人でたくさん泣きました。

だってずっとわたしは、お母様が天国に行ってしまったのはわたしのせいだと思っていたのです。

お兄様に悲しいことを言われるのも、菊華ちゃんや新しいお母様にいじわるをされるのも、わたしが悪い子だったせいだと思っていましたから。

お兄様に「わたしのせいじゃないよ」と言ってもらえて。

嬉しくて嬉しくて、涙が止まりませんでした。

だから、それからわたしは『これからはお兄様のためになるように努力をしていこう。お兄様のお役に立てるように頑張ろう』と思うようになりました。

——わたしは、今年から初等部生になります。

新しいお母様が「お前みたいなむのうりょくしゃが、かおうがくえんに行くなんてはじしらずもいいところだ」とわたしのことを怖い顔で見ましたが、そのことについても、お兄様が新しいお母様を説得してくれたのだと、家政婦長のセツから聞きました。

今のお兄様は、本当に優しいし、かっこいいし、わたしの大好きなお兄様です。

初等部に入っても、お兄様の名に恥じぬよう、努力をしていこうと思います。

第九章　継母の断罪、そして退場

——そうして、新しい学年にもだいぶ慣れてきて。

紫雲亭にも、週に二、三回は顔を出す時間を持つようになった。

放課後は大体、蒼梧と一緒に図書室か紫雲亭で勉強し、それから帰宅する。

このルーティーンのおかげで、初等部での成績がだいぶ調子良くなった。

もともと、学業面で俺よりも成績の良かった蒼梧に教えてもらえているのもだいぶ効率がよかったが、それに加えて紫雲亭の先輩方に教えてもらえるようになったのも非常にありがたかった。

わかりやすい参考書を貸してもらえたりもして、日本の縦社会のありがたみをつくづく感じた。

おかげで、帰宅してからの時間にもだいぶゆとりを持てるようになり。

相変わらず夜は寝る前に白百合と菊華に本を読みながら川の字で寝るという日々を続けていたが、勉強不足で成績が落ちる心配はいまのところ全くないのだった。


「よし。じゃあそろそろ、白百合も初等部に上がったことだし。お菓子作りも、もう少し難しいお手伝いをしてみようか」

「はいっ！」

「はい」

俺が厨房で、白百合と菊華の前に立ってそう告げると、妹たちが元気よく返事する。

今週末の土日は、妹サービスのための時間をとる。

日中は二人の勉強を見て、おやつの時間になったらみんなでホットケーキを焼くのだ。

今までは、シュークリームのクリームを詰めるだけとか、焼いたクッキーを袋に詰めるだけとか、厨房に入らないでもできるお手伝いをしてもらっていたが。

白百合も菊華も成長してきたし、もう厨房に入れるのを考えてもいいかなと思ったのだ。

厨房は危ないからと、これまで危惧してずっと避けてきたけど、ホットケーキなら混ぜるだけで包丁も使わないいし、火元さえ気をつければ怪我をする心配もない。

材料も、小麦粉、卵、砂糖、牛乳と単純。

ベーキングパウダーがないのでは……と心配したが、さすがは公爵家の台所。料理長に聞いたらちゃんと備えてありました。

「二人とも。厨房は料理長たちの仕事場だから、入らせてもらうのは今日みたいに特別な時だけだよ。わかった？」

「「はい！」」

あまり厨房に立ち入るのに慣れすぎて、料理人たちの仕事の邪魔をしてしまうようになっても良くないし、厨房は刃物や火元といった子供には危ないものも多いから「ここは特別な場所なんだよ」と言って釘を刺す。

正直、未就学児の菊華にはまだ早いかな、と思ったけど、慣れない場所で緊張しているのか、思ったよりも大人しくしてくれていることにほっとする。

そして何より、白百合と菊華のエプロン姿が可愛い……！

いや!!

兄馬鹿というなかれ。

誰だって、小さい女の子が二人並んで白いひらひらのエプロンをしているのを見たら、絶対に可愛いって思うはずだ！

しかも自分の妹だぞ！

未来のヒロインと悪役令嬢だぞ！

これは、変態的な目線では断じてないと言わせてもらう……！


可愛いものは可愛い！

可愛いは正義なのだ！


思わず妹たちの可愛らしさに取り乱してしまったが、今日の本題はそっちじゃない。

ホットケーキだ。

ホットケーキ作り。

前回と違って、今回はゼロから一緒に作るのだ。

材料だけは事前に量っておいたけれど、ボウルに順番に混ぜていく指示をする以外は基本的に二人に任せてみることにした。

最初は、白百合に泡立て器で材料を混ぜさせていたが、それを見ていた菊華が「きっかも！　きっかもやりたい！」と言い出し、二人で順番交代でやろうねと仲良く譲り合っていた。

美しい姉妹愛……！

二人が仲良くなってくれてお兄ちゃんは嬉しいよ……。ううっ。

しかしそれにしても、子供の時ってなんであんなに泡立て器で混ぜるのを楽しそうって思うんだろうね？

料理している感が強いからだろうか。

おままごとに近い感じ……？

そんなことを思いながら、フライパンに油を引いてホットケーキを焼く準備を始めた。

「火は危ないから、二人は今日は見てるだけだよ」

そうやって注意を促した後。

二人が作ってくれたタネを、熱したフライパンにゆっくりと流し込む。

ホットケーキを食べたことがない二人は、これから何ができるのか興味津々な様子でフライパンの中のタネを見つめていた。

段々と厨房中にいい匂いが漂ってきて、表面が乾いたホットケーキにぷつぷつと穴が空いてくる。

「この穴が、ひっくり返すタイミングだからね」

そう言うと俺は、フライ返しで一度ホットケーキをフライパンから軽くはがした後、「よっ、と」と言いながらフライパンを大きく振って、スパンと綺麗にパンケーキをひっくり返した。

……さすがに、小学生に鉄のフライパンは重かったから、ちょっとだけ異能を使ったのは内緒だ。

「わぁ……！」

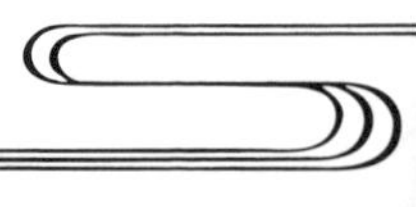

「ふわっ……！」

しかし、そんなこちらの都合をよそに、くるりと宙を舞ったホットケーキが綺麗な茶色い焼き色をつけて、ふっくらと膨らんだ姿で再びフライパンに着地したのを見て、妹たちは感激したように声を上げた。

「ふわ！　きっかも！　きっかもぉ！」

「さすがに菊華にこれはまだ無理だよ」

俺に向かって両手を伸ばしてぴょんぴょんと跳ねてくる菊華に苦笑しながら、「もう少し大きくなったらね」と言い聞かせる。

そうして、ふわふわに焼けたホットケーキの上にバターを乗せて、上からメープルシロップをとろりとかけて。

行儀が悪いとは思いつつも、二人にどうしても焼き立てを食べさせたかったから、その場ですぐ切り分けたものを、フォークで刺して口に運んであげた。

「…………！！」

「ふぉいひぃ……!!」

口の中を、ホットケーキでいっぱいにして、二人が目をきらきらと輝かせる。

うんうん、よかったよかった。

美味しそうにホットケーキを頬張る二人を見ながら、俺もひとくちぱくりと口の中に放り込む。

——そうだよなあ。やっぱりメープルシロップだよなあ。

ホットケーキといえばはちみつという人種も多いが、俺は断然メープル派だ。

くちあたりも優しいし、コクがあって、バターの塩気ともよく合う。

正直、はちみつの方が断然手に入りやすかったが、ホットケーキを作ると決めた時から、もうどうしても舌がメープルシロップになってしまって、けっこう頑張って入手してもらった。

一瞬「あれ……？　この時代、まだ無い……？」とか思ったが、そんなことない！

赤毛のアンだってメープルシロップを使ってたんだ！

ないわけない！

と思って料理長と出入りの小売業者に聞きまくってようやく手に入れたのが、このメープルシロップだ。

最近では料理長から「蓮様は博識ですね……」と尊敬の眼差しを向けられるようになった。

そのうち師匠とか言われそうで怖い。

ま、さすがにそんなことはないか。

結局その日は、三人でホットケーキを作り、ふわふわあつあつの上にバターとメープルシロップをたっぷりかけて食べたら、いつもより夕食があまり入らなくなって、少し料理長に申し訳ない気持ちになった。

でも、白百合も菊華も楽しそうにしていたし、まあいっか。

——そんな、全てが順風満帆に行っているように見えてきた頃のことだった。

早苗さんから、食事に毒を盛られたのは。

それは、ある日の夕食後のこと。

「今日ね、美味しいお茶を見つけたのよ。これから食後はこのお茶に変えようと思って」

と、早苗さんが言い出し。

彼女が指示を出した使用人が家族全員に注いだお茶を置いた時だ。


ガタガタガタガタガタ……！

と、突然家が激しく揺れだしたのだ。

「きゃぁっ……！」

「これは……、地震か……!?」

そう言って、各々地震に身構える者、テーブルの下に隠れようとする者、怯えて俺にしがみついてくる妹たちと。

長く続くかと思ったその揺れは、実際には時間にすると十秒もなかったと思う。

一瞬、もしかしたらこれが、この世界における関東大震災なのではないかという考えが脳裏に浮かんだ。

この国の現在の年号は俺が知る元の世界のものとは一致しないけれども、パラレルワールドなのかもと思えば、大きな地殻変動の時期が同じでも別段おかしいことではない。

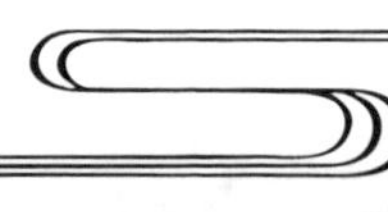

そんなことを思い、もしそうなら、この先起こる騒動の大きさと悲惨さを想像して肝を冷やした。

「収まった……か……？」

父が、自分にしがみついてきた継母を抱き止めながら、そう言って周囲を見回した。

以降、特に余震が起こることもなく、一時的な揺れで落ち着いたのだとみなした父は、使用人に倒れた煎茶茶碗を片付け、茶を淹れ直すように指示したのだが――。


『蓮。あれは毒にゃ』


にゃあー、と。

子猫姿をした白が、俺にしか聞き取れない言葉で告げてくる。

――毒？

言われて、倒れた煎茶茶碗と、テーブルの上にこぼれたお茶を目に留めた。

――早苗さんか。

継母が用意した茶の中に、毒が仕込まれていたのだと、直感的にそう思った。

そう言われて見ると、目の前で俺の茶碗を片付ける使用人の顔が、どことなく青ざめて見える。

「ちょっと、外の様子を見てきます」

そう言って俺が席を外そうとすると、「にいたま……」と菊華が不安げに手を握ってくるので、かわいそうだとは思いつつも「ごめんね、すぐ戻るから。白百合、菊華をお願い」と言って、部屋から出た。

『咄嗟に止めようがなかったから軽い地震を起こしたにゃが。驚かせて悪かったにゃあ……』

「いや、いいよ。助けてくれてありがとう」

突然のことで驚きはしたが、白の言う通り、そうでもしなければ誰かが口をつけていたかもしれない。

『入っていたのは、蓮と白百合の分だけにゃ。致死量じゃあなさそうだったから、多分じわじわと毒で弱らせようとしたんだと思うにゃ』

……………………。

……………………はあ？

とんってもないなあ！　あの継母！

俺が目障りで、自分の思い通りに行かないから、手っ取り早く片付けようと思ったわけだ……！

しかも、俺だけならまだしも、白百合にまで手を出してくるとは……。

と、ふとそこで、先ほど目についた青ざめた表情で片付けをしていた使用人が通りかかったので、すかさず声をかける。

「あの」

「……は、はい」

「ちょっと、いいですか？」

「……はい」

そう言うと、周りに人がいないのを確認して、更に人気のない部屋にさっと身をすべらせる。

そうして、改めてまじまじと対面してようやく気付いたが、目の前で不安そうな表情をするこの使用人は、確か継母付きで色々と世話をしてくれている女性だったということを思い出した。

「何を入れたんですか？」

「……！」

俺の質問に目を見開き、驚愕した表情を浮かべた彼女は、どう答えたものかと目を泳がせた。

「早苗さんの指示ですよね」

「あ、あの……」

「悪いようにはしません。困っていることがあるのであれば、力になります」

「………」

その言葉に、言うべきか否か、迷うような表情を見せる。

もはやその時点で、早苗さんが黒であることはほぼ確実なのだが、だからと言って彼女をそのままにしておくわけにもいかない。

「……わ、私は、詳しいことはわかりません……。ただ、言われた通りにしないと、家族がひどい目に遭うと言われたので……！」

申し訳ありませんでした……！　と謝ってくる彼女に対して「顔をあげてください」と俺が言う。

「あなたが謝ることではありません。この家で働く者を守るのも、僕の役目ですから」

むしろ、それほど思い詰めるまでに辛い思いをさせてしまって申し訳ない、と言葉を告げると、彼女はそれまで張り詰めていた思いが決壊したかのようにぽろぽろと泣き出した。

しかし、ほんっとダメだなあの継母……。

何が西園寺家の権威だ。

使用人脅すとか最低じゃんか。

自ら権威を落とすような真似をして、よくいけしゃあしゃあと権威とか言えるなあ。

でもまあ、そこまで継母を追い詰めてしまったのも俺だし……。

監督不行届きで彼女をこんなにも苦しめてしまった責任の一端は俺にもある。

――どうすべきか。

父に報告すべきだろうか。

でもなあ……。

そもそもあの二人の関係も謎なんだよなあ……。

継母は明らかに父に擦り寄ろうとしているが、正直父の方がどう考えているのかよくわからない。

正妻である母がいたにもかかわらず、余所に女を作って菊華を産ませているくらいなのだからてっきり好色家なのかと思っていたが、実際の父を見る限りそんな感じもしないのだ。

どちらかというと、早苗さんに対して――、そっけない。

しかも使用人から聞く話によると、生前は母のことを大層愛していたらしい。

ん――？　じゃあなぜ後妻なんてとったんだ――？　と。

なんだかピースがはまらないパズルをさせられているような気持ちになりながら、とりあえずそこには白黒つけずに今に至るのだが。

だからこそ逆に、ここで下手に父に報告をすることで、どう出るかが読めなかった。

早苗さんを擁護するほうに動くのか、それともバッサリと切り捨てて罪を償わせるのか。

擁護されるのも困りものだが、それ以上にバッサリと切り捨てられるのも問題だった。

その場合——、娘である菊華にも、少なからず影響が及ぶからだ。

最悪、早苗さんと離縁し、菊華もろとも家から追い出してしまう可能性も考えうる。

たとえ、そうはせず、罰するのが早苗さんだけだったとしても、結局はその娘である菊華にも悪女の娘だという噂がまとわりつくことになる。

つまるところ、対応の仕方でヘタを打つと、菊華の将来に影響を及ぼしてしまうということだ。

まあね……。菊華を早々に我が家から退場させることで、早めに悪役令嬢の芽を摘めるといえばそうなのかもしれないけど。

ここまで面倒見てきて、いまさらそんな可哀想なことできやしないでしょうよ……！

俺、一生懸命あの子のこと気にかけて、あんなに可愛く育ててきたのに……！


——と、そんなわけで。

とりあえずしばらくの間は波風を立てないことにして、使用人の彼女には毒の代わりに粉糖を差し替えて入れるよう頼んだ。

そうすることで、彼女はちゃんとやるべきことを全うしていると見せられるし、その間に今後の対応について対策を立てられる。

彼女のことはセツとも共有し、継母から酷い目にあわされていそうだったらそれとなく助け舟を出してもらえるようお願いし。

継母が怪しい動きを見せるようだったら、白を通じて報告してもらうよう指示をした。

こうして俺は、図らずも継母側の情報を教えてもらえる、スパイの存在を得たのだった。


「――白。悪いけど、しばらく早苗さんの動向を頼むよ」

『承知にゃ』

姿を隠した白に早苗さんについてもらい、裏の動きを探ってもらうように頼む。

正直、早苗さんの動機がよくわからなかった。

原作で小説を読んでいる時はよくある継母モノかと思って何気なく読んでいたが、実際に自分がその場に置かれてみると、嫡女の白百合が目障りなのはともかく、跡取りである俺まで害そうとするのはリスクが高すぎないか？　と思うのだ。

「う～～～ん……」

「お兄様？　どうかしたのですか？」

夜、自室で一人唸り声を上げているところに、白百合と菊華が入ってきて尋ねてくる。

「あ、いや、なんでもない」

俺の部屋にやってきた妹たちは、すでに寝巻きに着替えている。

菊華が初等部にあがるまでは三人で寝る、という約束なので、夜になると当たり前のように白百合と菊華が俺の部屋にやってくるのだ。

と、そこで。

俺は白百合の顔を見て、ふと不安が湧き上がった。

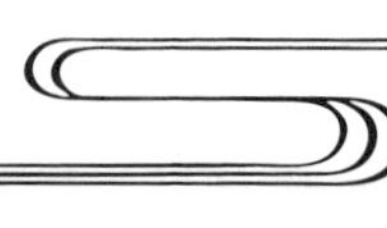

「あのさ、白百合。明日からなんだけど。今日大きめの地震もあったし、心配だからしばらく初等部が終わった後は僕と一緒の車で帰らない？」

「？　はい、私はかまいませんけど……」

地震というのは単に建前だった。

それよりも——、今日みたいな手段をとってきた早苗さんが、白百合に対して直接害をなしてくることがないか、心配になったのだ。

本気で始末しようとするなら。

毒なんて使わなくても、第三者の仕業に見せかけて害することだってできる。

そう考えた時に、いくら西園寺の家の車で送迎させていると言っても、目の届かない場所で何かあった時には気が気ではなくなるという思いが湧きあがったのだ。

「にいたま、きっかは？」

「菊華は、幼稚舎は初等部よりも終わるのがずっと早いし、お付きの人がいるでしょ」

「えー」

きっかもにいたまといっちょがいい……、と、俺の答えに菊華が不満げな声を上げる。

ごめんな……、菊華。

別に菊華が心配じゃないわけじゃあないいんだけど。

早苗さんはおそらく菊華には害をなさないだろうから、優先すべきは白百合の方なんだよ……。

という内情を、まさか菊華に言って聞かせるわけにもいかず。

むくれる菊華をなんとか宥めすかしながら、ひとまず明日以降、白百合には俺の授業が終わるまで図書室で待ってもらうことにして、しばらくは一緒に登下校することにした。

蒼梧との勉強時間が削られてしまうが、致し方ない。

成績は落としても取り返せるが、妹に何かあっては取り返せるとは限らないのだ。

「とはいえ……、早く終わらせないと……」

いつまでもこんな神経すり減らすような生活をしていたら俺の方が先にバテてしまう。

毒混入事件から一週間。

朝夕、白百合と一緒に学苑へ登校し、帰ってきたら白にその日の早苗さんの動向を聞く。

家政婦長のセツを通じて、早苗さん付きの使用人たちに彼女の普段の振る舞いを尋ねてみたが、
金遣いが多少荒いのと、横柄な態度をとる以外はとりあえず直接的な暴力やパワハラ的な扱いは受けていないようだった。

……じゃあ、毒混入の犯人を自分以外に仕立て上げるために、例の使用人に無理やり脅しをかけたってこと？

それにしたってなんというかやり口が杜撰（ずさん）な気もするけど……。

考え事をしながら家の中の廊下を歩く。

抱えている問題が暗いと、自然気持ちも暗くなるなあ……と、どっと疲労を感じていたところで、

「蓮、白百合。帰ったのか」

「父様」

珍しく、普段日中は家にいることの少ない父と邸内で鉢合わせする。

ただいまもどりました、と白百合と二人挨拶したところで、「にいたまー！」と菊華がてててっとこちらに近づいてくる声が聞こえた。

「にいたま、ねえたま、おかえりなしゃい！」

「菊華、ただいま」

「菊華ちゃん、ただいまです」

「えへへ……」

にこにこと出迎える菊華が、もじもじしながら俺たちの周りをうろうろする。

うーん、これは、なにかに気付いてもらいたいやつだな……。

「あ、菊華。わかった。新しい洋服をおろしてもらったんだろ」

「ふぁ！　にいたましゅごい！」

魔法使い？　ときらきらとした目で見つめてくるが、これだけ目の前でわかりやすく気付いてほしいリアクションをされればそりゃあ気付くよ……。

それでなくても毎日菊華の着ている服は目にしているわけだし。

「本当ですね！　菊華ちゃん、かわいいです。よく似合ってます」

「えへへ～」

そう言って、手放しで絶賛する白百合に菊華もまんざらでもなく照れる様子を見せる。

「あのね、にいたま。きっかね、おおきくなったらにいたまとけっこんしゅるの！」

「ん？」

照れながらも俺の洋服の裾をくいくいと引っ張りながらそう告げてくる菊華に「おや？」と思う。

「きょうね、かおるこたまとおはなししててね。おんなのこは、おっきくなったらしゅきなひととけっこんしゅるんだって」

……ははあ。なるほど。

菊華の出した【かおるこさま】の名前に聞き覚えがあった。

幼稚舎での菊華の同組の女の子で、菊華に話を聞く限りちょっとおませな女の子だ。

そうだよね。幼稚園児ともなると、結婚という概念をそろそろ認識し始めるよね。

そうか、これかあ……！

これがあの……、「大きくなったら私、パパと結婚する！」ってやつか！

俺、パパじゃないけど！　兄だけど！

——そんなことを、菊華に告げられた一瞬の間に感慨深く思い、さあなんと答えようかと思ったところで。

その一瞬の間を、俺が答えに窮したと思ったのか、白百合が困ったような様子で助け舟を出してくれた。

「菊華ちゃん、あのね。菊華ちゃんとお兄様は、兄妹だからその……、結婚はできないんですよ？」

「……ふぇ？」

白百合の言葉に、菊華がきょとんとしたように首を傾げる。

そのまま、問うようにこちらに顔を向けてきた菊華に、なるべく傷つかないように言葉を選びながら答えた。

「そうなんだ。白百合の言う通り、僕と菊華は兄弟だから結婚できないよ」

僕も菊華みたいな可愛いお嫁さんが欲しいけどもね、と言うと、菊華は顔をこわばらせながら、

「でも、かおるこたまのおとうたまとおかあたまは、しゅきどうしだからけっこんしたって……」

「それは、かおるこさまのお父様とお母様が兄妹じゃないからだよ。菊華の父様と母様だって、兄妹じゃないでしょう?」

「………」

俺の言葉に、それまで新しい洋服でにこにこだった菊華の顔が曇っていく。

「でも、きっかはおにいたまがいちばんすきなんだもん……」

そう言って、ぎゅっとスカートの裾を摑んだかと思うと、目に溜まった涙が落ちる前にだっ！と俺たちの前から駆け出した。

「菊華！」

「菊華ちゃん……！」

俺と白百合が、引き留めるように菊華の名を呼ぶが、それに足を止めることなく菊華は泣きながら走り去っていった。

「すみません！　白百合をお願いします！」

「……ああ」

父にそう言うと、俺は急いで菊華の後を追いかける。

背後で「……誰も、父様と結婚したいとは言わないんだな……」と呟く父の声が聞こえた。

「……菊華。入るよ」

障子の向こうに向かって声をかけると、ぐずぐずと菊華の泣いている声が聞こえる。

そっと開くと、布団をかぶって丸まっている菊華の姿が見えた。

「菊華」

俺は、部屋の片隅で丸まっている布団の横まで歩いて行き、その傍らにしゃがむと、中にいる菊華に向かってなるべく優しく聞こえるよう話しかけた。

「せっかく可愛い格好しているのに、泣いてちゃもったいないよ」

「…………ぁ」

「ん？」

べそべそと、布団の奥から何かくぐもった声が聞こえるが、泣きじゃくっているのと分厚い布団が邪魔でよく聞き取れない。

「にぃたまの……、およめしゃんになりだがっだんだもん……」

…………。

そう言われて、震える布団を見下ろしながら。

俺は、何と言っていいものか。しばらく黙って見つめていた。

……子供ってほんと、真っ直ぐだよな。

精神年齢的にはとっくに成人を超えてしまった身としては、何ともいえない気持ちになる。

妹から「お兄様と結婚する！」と言われることに、嬉しくないと言ったら嘘になる。

できることなら、妹たちの将来から憂いを取り除いてやりたいという気持ちでずっと兄をやってきたが、こうやって泣かれてしまうのは。

……嬉しいし、愛しいし、切ないよね。

「菊華」

「ぅえっ……。うえぇっ……」

布団のなかで、いよいよ泣きすぎてしゃくり上げてきてしまった菊華に向かって声を掛ける。

「あのね。確かに、兄様と菊華は結婚はできない。でも、兄様はずっと、菊華の兄様だから」

「うっ……」

「菊華にはまだ難しいかもしれないけど、結婚してもお別れすることもあるし、みんながみんな、好きな人と結婚できるわけじゃないんだ」

「……にいだまはぎっがのごと、し……しゅきじゃないの……？」

「もちろん好きだよ。でも、結婚はお別れをすることもあるけど、妹とお別れすることはないから」

だから、僕は菊華とずっと一緒だからね。と言うと。

少しは納得してくれたのか、泣き腫らした目をした菊華が、もぞりと布団の奥から顔を出した。

「ずっといっちょ……？」

「そう、ずっといっしょ」

「ほんとに？」

「うん」

「……きっか、にいたまのこと、しゅきでいてもいいの……？」

「うん。僕も菊華のこと、大好きだよ」

俺がそう言うと、菊華はさきほどよりもだいぶ落ち着いた表情を見せ、俺の膝伝いにぴったりと俺によじ登るようにして抱きついてきた。

泣いた反動でしゃくり上げているのを落ち着かせるようにしばらくそのままぽんぽんと背中を叩いてやっていたら、菊華が眠たそうにうとうとと船を漕ぎ出したので、「菊華、寝るなら兄様の部屋に行こう？　ここでこのまま寝ると夜一人ぼっちになるよ」と言って、菊華を俺の部屋に連れていった。


そうして、俺の首元ですやすやと寝息を立て始めた菊華を抱きかかえて部屋を出ると。

「……白百合」

そこには、暗い廊下で、じっと俺を待つ白百合がいた。

「どうしたの。……もしかして、待ってた？」

心配して近づいてみると、こちらはこちらでどこか暗い表情を浮かべている。

「お兄様……」

「ん？」

「……いえ。あの、菊華ちゃんは……」

「泣き疲れて寝ちゃったから、こっちの部屋で寝かそうと思って」

そう言って俺は、菊華を抱き抱えたまま白百合に向かって自分の部屋を指し示す。

「あ……、気がつかなくてすみません。ドア、開けますね」

と、実のところ白百合に頼まなくてもその気になれば異能で部屋のドアくらいは開けることはできたが、この場に至ってはありがたく妹の気遣いを受け取らせてもらうことにした。

白百合に開けてもらった扉をくぐり、菊華を自分の寝台の上に寝かせる。

「白百合、夕食は食べたの？」

「いえ……。お父様が気を遣って、夕食の時間を少し遅くしてくださったので」

「そう」

きっと、そのことを伝えるためにも、白百合は菊華の部屋の前で待っていてくれたのだろう。

父が子供のことを気遣って夕食の時間を配慮してくれたことも驚きだったが、今はそれよりも、妹たち二人がすっかり落ち込んでしまっていることの方が心配だった。

「お兄様、私……。菊華ちゃんに、余計なことを言ってしまったのでしょうか……」

………なるほど。

どうやら白百合は、自分が菊華に真実を教えてしまったことで、菊華を泣かせてしまったのだと落ち込んでいたらしい。

自分も今にも泣き出しそうなのをぐっと堪えながら、不安に揺れる瞳を俺に向けてくる。

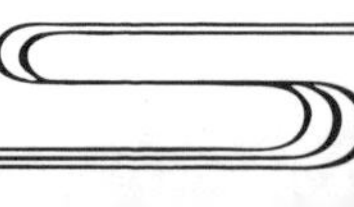

「今、菊華ちゃんに教えなくても、もっと大きくなってから教えてあげた方が、菊華ちゃんをあんなに傷つけなくて済んだのでしょうか……」

「……白百合が、そう思ってしまうのもわかるし、そうやって自分の行動が誰かを傷つけたかもと振り返ることができるのはとてもいいことだと思うけど。でも、今回のことに限っては白百合だけのせいじゃないよ」

白百合がそれを口にする前に、どう言うべきか今言うべきか、躊躇(ちゅうちょ)してしまったのは俺だ。

そして、白百合が口にするのを止められなかったのも。

「僕が率先して言わなきゃいけなかったのに、むしろ白百合に嫌な役回りをさせちゃってごめんね」

それに、いつかは知らなきゃいけないことだったしね、と白百合に向かって笑って見せる。

「お兄様……」

「うん」

俺の言葉を気遣いだと受け取ったのか、いまだ気に病んだような表情のままの白百合の頭を、慰めるようにぽんぽんと撫でた。

「……菊華ちゃん、大丈夫でしょうか」

「まあ……、大丈夫でしょ。お腹が空いたら起きてくるよ。白百合もお腹が空いただろ？　僕らもご飯を食べに行こう」

「……はい」

そう言って、白百合に向かって手を差し出す。

白百合はそれをおずおずと摑むと、二人で並んで母屋に向かって歩き出した。

——これがきっかけで、二人の仲が険悪にならなければいいんだけど。

そんな心配を、抱いた俺だったが。


案の定、夜遅くになってお腹を空かせた菊華が目を覚ましたので、料理長に作っておいてもらったおにぎりをそのまま部屋で食べさせてやった。

具は菊華の好きな鮭とツナマヨだ。

ちなみにこの時代、もちろんまだツナマヨなど存在しないので、ツナもマヨネーズも自分で作りました。

ツナは、料理長と自分で試行錯誤して油漬けを作り。

マヨネーズは昔中学校の調理実習で作ったのを思い出して。

最近気付いたけど俺、食への執着が結構強いんだな……。


おっといけない。話がそれた。


泣き腫らした目でおにぎりをもそもそと食べていた菊華は、元気はなかったがとりあえずの落ち着きは取り戻したようだった。

寝る準備をすませて、いつもどおり三人で寝台に並んで眠る時に、白百合が、

「菊華ちゃん、ごめんね……」

と罪悪感に苛まれたのか菊華に謝罪の言葉を述べたが、謝られた方の菊華は、

「……なんでねえたまがあやまうの？」

といった感じだった。

どうやら、二人の仲を危惧した俺の心配は、杞憂（きゆう）に終わったようだ。


翌朝、目を覚ましてみると、いつもは俺を真ん中に三人で寝ているのだが、今日に限ってはいつのまにか自分が端に寄せられていることに気付いた。

いつも、『川』というよりも『小』の字になって寝ていることが多いのだが。

その日は俺が端で白百合と菊華が二人くっついているというイレギュラーな形で目覚めた。

『小』の字から『ツ』の字に変わったわけだ。

起き抜けの、寝ぼけた頭でその様子をしばらくぼうっと見つめ。

寝相の悪い菊華が、寝ている時まで姿勢正しくぴしりと寝ている白百合に「うう～ん……」と寝返りを打ちながら絡んでいくのを見て。

――なんだかもう、この二人なら大丈夫かなと思えて、ふっと笑った。

妹たちは。

俺が願っていた以上に、いい子にすくすくと育ってくれている。

――だから俺も、決着をつけないとな――。

そう、決意を固めながら。

『蓮』

とある日の夕食の席で、白が俺にだけ聞こえるように、足元から声をかけてくる。

「ちょっとすみません」

そう言って、俺は父と妹たちに一言断りを入れて席を立つ。

夕食時、側仕えの使用人に頼んでいた毒の混入がうまくいっていないと感じる継母が、そろそろ痺れを切らすのではないかとずっと思っていた。

だから白に、定期的に継母を見張ってもらっていたのだ。

食堂を出て廊下を進んでいくと、片隅で小さく揉めている声が聞こえてくる。

「お貸しなさい……！　わたくしが入れると言っているでしょう！」

「奥様……！」

言うことを聞かない使用人に対して、継母が頰を引っ叩こうと大きく手を振りかぶる瞬間が見えた。

その時。

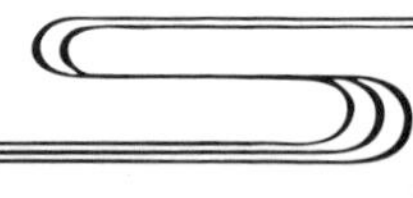

パン！　と。

使用人の顔の眼前に俺が作った、小さな結界が弾ける音が響く。

俺が咄嗟に異能で作った結界が、継母の平手を弾き飛ばした音だ。

「な……」

「――そこで何をしているんですか？」

白を元の姿に戻し、背後に引き連れて。

諍いをしている継母と使用人の前に進み出た。


「蓮様……」

俺が白を本来の姿で具現化させ現れたことに気圧されたのか、継母がやや怯んだように俺の名を呼んでくる。

そこでようやく、継母が自分が手にした小瓶の存在をはたと思い出し、慌てるように俺に向かって言い訳をしてきた。

「……この者が！　怪しい液体を飲み物に混入しようとしていたので、わたくしはそれを確認しようとしていたのですわ！」

「……！　そんな……！」

継母の言葉に、彼女が驚いたように継母を見た。

どうやら今回は、いつもの粉の毒薬ではなく、別に用意した液体を入れようとしていたらしい。

え……？

即効性があるやつとかじゃないよね……？

こっわ！

しかも、その場にいた使用人に罪をなすりつけようとするとか……。

ほんと、大した度胸だよなあ……！

と、継母に対して妙な感心を抱きながら、しかし俺は、決定打になる言葉を口にする。

「じゃあ、指紋を取りましょう」

と。

「え……？」

思いもよらない言葉が出てきたことで動揺する継母に向かって、追い打ちをかける。

「彼女がその小瓶の中身を入れようとしていたのなら、その瓶には彼女の指紋がついているはずですよね」

「……」

と、その小瓶に、彼女の指紋がついていないことなどわかった上で、継母にそう告げる。

俺は、早苗さんが自分が用意した毒が効かないと思い始めた時点で、次にするであろう行動パターンの予測をいくつか立てていた。

ひとつは、毒がすり替えられていると懸念すること。

もうひとつは、毒が本当に効かないと思うこと。

使用人に渡した毒が本当に使用されているかの確認と同時に、新しい毒は高い確率で用意されると思っていた。

だから、継母から毒の混入を指示されていた彼女には、継母が新しい何かを手渡そうとしても、絶対に手に取るなと言いふくめていたのだ。

そうしてその結果。

素手の使用人と、同じく素手で、がっつり小瓶を握りしめている早苗さん。

今、彼女が手にしている小瓶には使用人の指紋などついてはおらず。

早苗さんの指紋しか検出されない事態を、一体周囲がどう思うか——。

「指紋を取り、瓶の中身がなんなのかを精査すれば、ことの次第は明らかになりますよね——」

そう言って、俺が継母に向かってにっこりと笑いかける。

「れ、蓮様……」

「なーんて」

震える継母に向かって、ことりと首を傾げた俺は、悪意を微塵も匂わせぬ笑顔で、継母に向かって言葉を続ける。

「もう全部わかってるんですよ、早苗さん」

「え……」

「早苗さんが僕たちに毒を盛っていたことも。それを彼女に指示していたことも。彼女に毒の混入を止めさせていたのは僕ですから」

それに、最初にお茶に毒が入っていると教えてくれたのは、他でもないこの白虎です——、と。

「は、謀られたのです！　わたくしは！　この者に！」

必死で言い逃れをしようとする継母に向かって、

「でもその小瓶、指紋は早苗さんのものしかついていないですし、中身を調べたら一発で終わりですよ？」

と告げると、答えに窮した継母は、二の句が継げず黙り込んでしまう。

「早苗さん。――僕と、取引しませんか？」

そうして、窮地を脱するため必死に思考を巡らせる継母に向かって、俺から提案を持ちかける。

「取引……？」

「ええ」

ここで、このまま継母を断罪し、追放するのは簡単だが。

そうすると、ことは継母だけでは済まなくなる。

なにせ、四大華族の一角のスキャンダルである。

世間に面白おかしく騒がれるのは、こちらとしても是とするところではない。

「療養――、というかたちで、鎌倉にある別邸に移っていただきたい」

「……」

俺の言葉に、継母は眉間に皺を寄せたまま、それでも黙って俺の言葉を聞く姿勢を見せた。

「なぜ僕が、このような提案をするかおわかりですか？」

おそらくは、俺の意図を正しく理解しているであろう継母に向かって、あえて言葉を重ねる。

「……菊華の、ためですね」

「ええ。そうです」

このまま、継母を毒混入の犯人として断罪すると、その娘である菊華にも余波が行くのは避けられない。

運良く、継母と一緒に追放されず、西園寺家に残ることを許されたとしても。

文字通り毒婦の娘として後ろ指をさされることになるのは避けようがない。

できることなら俺は、まだ幼い菊華に、そんな傷を残したくはなかった。

「それと、僕はもうひとつ。早苗さんが隠している秘密を知っています」

「…………」

「それを暴露して、正式に西園寺家から追い出すこともできる。でも、そうしないのも菊華のためです」

それは——、俺が白を早苗さんにつけていたために知り得ることができた秘密。

早苗さんと——、菊華を、大きく揺るがせることになる秘密だ。

「蓮様は……、あの子のことを、たいそうお気に召されたようですわね……」

「下世話なことを言うのはやめてもらえませんか？　気に入るも入らないもないです。妹ですから」

早苗さんがどういう思惑でそう告げてきたのか、真意はわからないが。

薄笑いを浮かべながらそう言われたことに、いい気分はしなかった。

「僕が温情を施そうという気持ちがあるうちに、ご決断なさるのが良いと思いますよ？」

逆に言うと、今後、僕を害そうとしてきた場合には、容赦無く制裁を加えますから——と。

言葉とは真逆な、ことさらに優しさを含ませた声色で早苗さんにそう告げる。

「……わかりました」

と、早苗さんは、観念したように俺に向かって首（こうべ）を垂れた。

そうして、交渉成立した俺たちは。

二人で食堂に戻り、何事もなかったかのように食事を済ませた。

その後、継母と二人で父の部屋に行き、ことの次第を父に話した後、俺は継母の別邸行きを父に進言した。


「――早苗さんが僕や白百合にしたことは許せることではありません。ですが家のことを考えると、ことを荒立てたくはありません。ですから、離縁ではなく療養という名目で別邸に移っていただくのが最適だと思っています」

早苗さんが、俺と白百合に毒を盛ろうとしたこと。

そしてそれを、白虎の助けによって未然に防いだこと。

本来であればもっと早く父に報告すべきではあったが、本当に早苗さんが下手人（げしゅにん）であるという確信を得られるまでは、余計な波風を立てたくないと思っていたことを父に伝えた。

その間、父に向かって説明する俺の後ろで、継母はずっと項垂れたままで。

思案顔で俺の話を黙って聞いていた父は「――わかった」とただ一言だけ、短く答えた。

「……菖蒲様……」

「君を受け入れると約束した以上、離縁はしない。しかし、子供たちに害をなすのならば。蓮の提案を呑むのが一番妥当だろう」

父は、俺にも早苗さんにもどこにも目を向けることなく、視線を落としたまま静かにそう告げた。

早苗さんはその言葉に、何か言い返そうと一瞬口を開きかけたが――。

しかし結局、言っても詮（せん）ないと思ったのか、そのまま開いた口を閉じ、「――失礼します」とだけ言って頭を下げた。

俺はその様子を横目で見ながら、退室時に軽くひとにらみくらいされるかと思ったが、そのままこちらを流し見ることさえなく、ただ悄然とした様子で扉を閉じて行った。

数日後、早朝から別邸へ旅立つ継母を、菊華と共に見送った。

泣きそうな顔で、俺の手をぎゅっと強く握る菊華に、申し訳ない気持ちを抱えながら。

雨の中、静かに去りゆく馬車を、二人でずっと見送ったのだった。

エピローグ　悪役令嬢の母のいない日常

子供の成長は、早い。

「ねえにいたま。にいたまはどうしてかっこいいの？」

「……どうしたの突然」

最近、俺と白百合と菊華の間で、テーブルの下でおままごとをするのが流行っていた。

テーブルの上にシーツをかけて、ちょっとした隠れ家みたいな空間にする。

前世で、某女流ミステリー作家が子供の時に母親とそうやっておままごとをしていたという話を聞いて、俺が密かに憧れていたことでもある。

これは、ちょうどそのおままごとの最中に、ふと菊華が切り出した一言だ。

「だって、おなじくみのかおるこたまとつゆこたまがゆってたの」

「……お兄様が格好いいってお話をですか？」

「うん」

……女の子ってませてるなあ！

そんでもってこれ、俺何て答えるべき……!?

「う～ん、なんでだろうね？」

「みんな、にいたまみたいなおにいたまがほしかったっていうから、きっか、うれしかったけどな

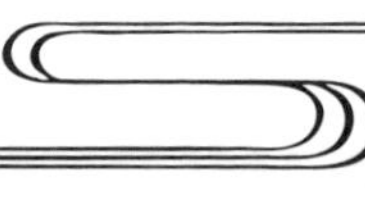

んていえばいいのかわからなくて」

「…………」

そうだね……、兄様もなんて言えばいいかわからないよ……。

「菊華ちゃん、そういう時は、『みなさまのお気持ちもわかりますが、残念ながらお兄様は一人しかいらっしゃいませんので』って言うといいですよ」

「う？　じゃんねんながら？」

「そうです」

そう言いながら、白百合が菊華がちゃんと言えるようにと、俺の目の前で根気良く菊華にレクチャーを繰り返す。

そうして、大体菊華が「皆様のお気持ちもわかりますが～（以下略）」をちゃんと言えるようになった後、妙に大人ぶった仕草で、困ったようにふうっとため息をついた。

「にいたまがかっこよすぎると、きっかこまっちゃうの……」

「菊華が困るの？」

なんで？

隣を見ると、白百合も俺と同じで、菊華が何を言い出すのかわからないような表情をしている。

「だって、にいたまはきっかのにいたまでしょ？　にいたまがかっこよすぎるとみんながにいたまがほしいっておもっちゃうでしょ」

………………は？

「……お兄様が格好良すぎると、みんながお兄様をほしいって思うの？」

「うん。でもきっかのにいたまはきっかとねえたまのにいたまだから。だれにもあげられないもん」

……………。

なん？　これ。

可愛すぎるでしょ。あと面白すぎる。

いや、なにその思考？　と思うけど。可愛いでしょうよ！

本人は冗談や遊びで言っているのではなく、心底困ったように真剣にそうこぼすものだから、余計おかしさが止まらない。

「そうなんだ。あげられないんだ」

面白すぎて頬が緩むのを堪えきれずに菊華にそう言うと、

「そうなの。だからきっか、こまっちゃうの」

「……そうだね。それは兄様も困ったねえ……」

「菊華ちゃん。わかりますよ。それはお姉様もそうですから」

お腹を抱えて笑いたいのを堪えながらなんとか返事をする俺と、菊華の言葉に真剣に同意を示す白百合。

……前言撤回します。

小さい菊華も可愛かったけど、ちょっと大きくなってもそのマイペースな可愛さに変わりはありませんでした……。

逆に、ちょっと大人になって分別がついて、大人の真似して物分かりのよくなったふりをしてい

るのが何とも可愛くて。

うちの妹たち。本当に最高に、可愛くて面白いなと思った。

ちなみに「じゃあ、ちょっとだけでも貸してあげればいいんじゃないの？」と聞いたら「……やだ。だってきっかのにいたまだもん」と拗ねたように言ったのも、最高に可愛かったです。

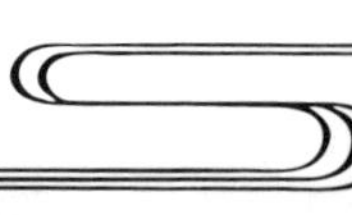

閑話　西園寺早苗は想起する

雨がしとしと降る中。

ガラガラと馬車が音を立てて道を走っていく。

私が初めて、現西園寺家当主——西園寺菖蒲様を拝見したのは、私がまだ少女と呼べる歳の頃だった。

華族と言っても下級男爵家に生まれた私にとって、菖蒲様は雲の上の人と言ってもおかしくないほどに手の届かない存在で。

こんなにも素敵な方がいるのだと胸をときめかせたのを、今でも昨日のことのように覚えている。

落ち着いた物腰と少し陰のある容貌(おもばせ)の、西園寺家の次期当主と言われる御方。

そんな西園寺菖蒲様と私の婚約話が持ち上がったのは、私が十八になるかならないかの頃だった。

——公爵夫人。

その、甘やかな言葉に、抑えようもなく胸が震えた。

それまで、現実としておこりえないと思っていたものが、はっきりとした形となって私の前にそびえ立った。

学苑で私のことを『下級男爵の娘だから』と軽んじていたクラスメイトたちを飛び越え、華族界の頂点に立つのだ。

――嬉しかった。

公爵、という立場ある存在の御方に、自分という女を選んでもらえたことが。

他の幾千もの女性とは一線を画すのだと言われているようで、誇らしかった。

――なのに。

それが覆ったのは、それから間も無くのことだった。

西園寺家にふいに、宮家ゆかりのお姫様（ひいさま）との婚約話が持ち上がったのだ。

その折に、菖蒲様は私にこう仰った。

――お前のことは可愛いと思っているし、実の妹のように大事に思っている。

しかし、自分にも当主としての責がある――と。

その時、私がどれほど悔しい思いをしたか。

わかる人などきっといないだろう。

後から聞いた話だが、私が耳にしていた菖蒲様と私の婚約話というのは、あくまでも『婚約者候補の一人』であっただけのことを、家族が浮かれて既に決まったものと思い込んで話していたのだ。

私を押し退けて菖蒲様の奥方になる宮家ゆかりの女性が、目も当てられないほどに醜く無能な女ならばどれだけ良かっただろう。

しかし私の思いも虚しく、美しく聡明だった彼女は、それからというもの菖蒲様の愛を一身に受け続けた。あれほど女性に興味のなさそうだった菖蒲様の愛を、一身に。

菖蒲様の第一子が男子だったことも、私を打ちのめした。

そうしてその後、私が授かった子供が、女児だったことも。

かさり、と、手の中の手紙が乾いた音を立てる。

悪魔の囁きの音だ。

ここ数年、私をずっと苛む音。

――ただ愛されたかった。

それだけだったはずなのに。

どうして私の道は、ここまで逸れてしまったのだろうか？


馬車が走る。

雨の中、私を乗せて。

証拠が残らぬよう手紙をびりびりと細かくちぎると、あの男への返事を頭の中で練り始める。

空から降り注ぐ浄化の雨は、汚れてしまった私を、洗い清めてくれることなどないのだった。

番外編　しらゆりの花嫁

「いたっ！　ちょっとお姉様！　乱暴にしないでよ！」

艶やかな髪を、同年代と思われる娘に梳かれていた少女が、そう言って声を荒らげる。

歳の頃は十五、六。

まさに今、花盛りといえる少女が、豪奢な襦袢に身を包み、背後の姉と呼んだ娘に身支度をさせていた。

対する姉の方はというと、着古した着物に、あかぎれた指先。

髪もまともに手入れされていないため、妹と並ぶと黒髪もどこかくすんで見えた。

姉の名は西園寺白百合、妹の名を西園寺菊華という。

姉妹と言っても異母姉妹の二人は、家族から天と地ほども違う扱いを受けていた。

「ごめんなさい。髪が絡まっていたので、なるだけ傷めないようにほどこうとしたのだけれど……」

「はあ？　私の髪が絡むわけないじゃない。お姉様と違って、こんなに毎日手入れをしているのに。お姉様、わざと私に嫌がらせをするために、髪を引っ張ったんじゃないの？」

「そんな……！」

そんなことしないわ、と。

否定の思いを込めてそう抗議するも、彼女の言葉はいつも最後まで聞き入れられることはない。

そうして、そこへ——。

「何をしている、菊華」

そう言って、姉妹の間に割って入ってきたのは。

「お兄様！」

西園寺蓮。この家の後継者であり——、二人の兄でもある人物だ。

ただし、真に兄妹と言えるのは白百合のみで、蓮もまた、末妹の菊華とは異母兄妹なのであった。

「父上も継母上(ははうえ)も待ちくたびれているぞ。いつまで準備に時間をかけているのだ」

「ごめんなさいお兄様。でも、お姉様がいけないのよ？　お姉様がもたもたと手際が悪いから」

そう言って菊華が白百合に責任の矛先を向けるが、白百合の実兄であるはずの蓮は実妹をちらりと見るのみで、特にそのことに対しては触れずに淡々と言葉を続けた。

「言い訳はいいから早く済ませてこい。万が一にも、東條家の新しい当主を待たせるわけにはいかないからな」

「はぁーい」

兄の苦言に、菊華が軽い調子で返事をする。

この二人は、いつもこんな調子なのだった。

甘え上手な菊華に対して、長兄である蓮は一応注意をするけれどもあまり強く言うことはない。

多少わがままなところはあるが、人懐っこくて処世術に長けている菊華を、それはそれでいいと思っている節があるのだ。

対して――、

「……無能の、役立たずが」

実妹であるはずの白百合に対しては、どこまでも冷淡で無情だった。

蓮は、白百合を見下ろし小さく吐き捨てるようにそう言うと、そのまま部屋の外へと出ていった。

「あ～あ～。お姉様、またお兄様に嫌われちゃった」

「………………」

そう言う菊華の口調は、同情するというよりはどこか愉快げで。

「でも仕方がないわよね。四大華族のひとつである西園寺家に生まれてきて、異能の能力もないんだもの。そりゃあお兄様だって愛想つかすわよ」

菊華の言う四大華族というのは、この国の華族のトップにあたる四家を指す。

それぞれに東西南北を守り、帝都の安寧を保つ。

そうした役割を持つのが四大華族であり、そのひとつがこの家、西園寺家である。

――四大華族に生まれついたものは、皆、例外なく異能の力を顕現する。

にもかかわらず、白百合においては、その片鱗さえなくこの歳まできてしまったのだ。

普通であれば、十歳になる頃までには異能を顕現させるというのに――。

「もういいわ。お姉様にお願いしていたら間に合わなくなってしまうもの。ここはいいから、お茶を持ってきてくれる?」

「……わかりました」

白百合に対して追い払うように、しっしっと手を振る菊華。

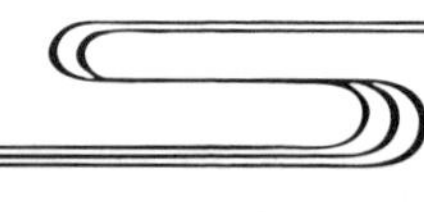

それに軽く頭を下げながら、白百合は静かにその場を辞した。

今日は、先日代替わりしたばかりの、四大華族筆頭家である東條家の当主が挨拶に来る日なのだ。

当主と言っても、噂によると仰々(ぎょうぎょう)しい肩書きによらず若い人物だそうで、おまけに見た目も大層な美男子らしい。

菊華などは、以前に直接本人を見たことがあるために、『えっ、蒼梧様が我が家にいらっしゃるの!?』と嬉しそうな様子を見せていた。

そのこともあって菊華は、今日は相当に装いに気合を入れているのだ。

あわよくば――、婚約者候補に、という思いもあるのだろう。

筆頭家の若当主は、未婚で婚約者もいないのだという話だった。

――はぁ……。

菊華に頼まれたお茶を淹れて、小さく一息つく。

このお茶ひとつにしても、淹れたてを渡すとやれ熱いと騒ぎ立てるし、少し冷ましたものを渡しても鮮度がどうだと喚き散らされる。

長きに渡り慣れてきたこととはいえ、気を抜くとすぐ妹の逆鱗に触れるため、いかなる時でも油断がならないのだ。

そうして、ちょうどいい頃合いを見計らってお茶を手にまた菊華の部屋へ戻ろうとすると、部屋の前の廊下に置かれた衣紋(えもん)掛(か)けにかけられた、振袖がふと目に入った。

（……あら？）

この振袖は、菊華が『東條様をお迎えするために』とわざわざ用意した特別なものだ。

真冬で暖房をきかせている洋室の中では湿気が多いからと廊下に出されていたものだが、その裾に、黒い点が小さく動いているのが見えた。

（……蜘蛛（くも）だわ）

小さな家蜘蛛が、色鮮やかな振袖の裾にしがみつき、かさかさと蠢（うごめ）いていたのだ。

（いけない。あの子が気付く前に、取ってしまわないと……）

せっかくの晴れ着に蜘蛛が付いていたと知ってしまっては、また騒動の原因にもなる。

菊華が気付く前に、そっと取り除いておかねば――、そう思って、蜘蛛に触れた時のことだった。

「ちょっと!!　お姉様!!　私の振袖に何をしているのよ!!」

バシン――！　と。

言い訳を許される間も無く、白百合の頬に菊華の平手が飛んできた。

「…………っ！」

「何よ！　自分だけ蒼梧様に会えないからって嫌がらせ!?　それにしたってあんまりじゃない！」

「ち……ちが……」

白百合が否定しようとするも、思いがけず強い力で打たれ吹き飛ばされた衝撃で、うまく言葉にすることができなかった。

そこに――。

「どうしたの、菊華……!?」

わらわらと、騒ぎを聞きつけた他の家族たちもやってくる。

「お母様……！　聞いてください！　お姉様が、自分だけ今日の場に呼ばれない嫌がらせで、私の振袖に悪戯しようとしていたんです！」

「なんですって……！」

やってきた継母に菊華がありもしない事を告げ口すると、鬼のような形相になった継母が白百合に向かってまたしても平手を見舞ってきた。

「あなた！　どれだけ恩知らずなのよ!?　無能な役立たずを置いてやってるだけでも感謝すべきなのに、こんな……！」

「ち、違います。誤解です……！」

自分は菊華の振袖を害そうとしていたのではなく、ただ蜘蛛をとってやろうとしただけなのだと。

そう言おうとしても、もはやその蜘蛛もこの騒ぎで何処かへ行ってしまい。自らの行いを弁明しようとしても、それを証明するものはすでに無くなってしまったのだった。

「出てお行きなさい！　あなたみたいな恩知らずな子、この家にはもはや不要です！」

継母の鶴の一声で、白百合は使用人たちに引っ立てられる。

「ま……、待ってください！　待って……！」

白百合の必死の訴えは誰にも届くことなく、そうしてずるずると引きずられるままに、裏口から物でも転がすように放り出された。

「ああ……」

バタンと勢いよく扉が閉まると、中から鍵をかけられる音がした。

――折しも、季節は二月。

うっすらと雪の降り積もるこの時期に、外套もなく放り出されては『死ね』と言われているも同義だった。

「……寒い……」

身を縮こまらせ、必死で両肩を温めるようにさするが、一向に温もりを得られることなどない。

（……このままここにいては、本当に死んでしまうわ……）

夕刻に差し掛かってきたこの時間。

暗くなる前に暖を取れるところまで移動しなければ、本当にのたれ死んでしまう。

（とりあえず一晩暖を取れるところを探して、明日また日が昇ったらもう一度家に戻ってみよう。一晩経てば、皆少しは落ち着いて話を聞いてくれるかもしれない）

自分は、本当に菊華の振袖を害する気などなかったのだと。

菊華の振袖にまとわりついた蜘蛛を、払ってやろうとしただけなのだと。

そう思いながら、雪の中を一歩一歩踏み締めていくうちに、白百合の瞳にとめどなく涙が溢れ出してくる。


……どうして。

――どうして。誰も私のことを助けようとしてくれないのだろう？

――どうして。あの人たちはあんなに、私のことを目の敵（かたき）のようにするのだろう？

――どうして。私は今こうして、こんなふうに雪の中を寒さに震えて歩いているのだろう――？

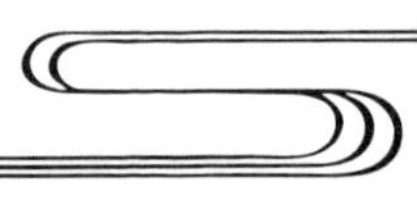

自分のことは、ずっと不幸だと思わないようにしてきた。

自分を不幸だと認めてしまえば、きっと際限がなくなってしまう。

小さな幸せでも、拾っていけばいつかきっと大きな幸せにつながっていく。

そう信じて、今までずっと、いろんな感情を一人で堪えてきたのに。

「ふっ……。う……っ」

一度決壊した涙は、後から後から途切れることなく溢れてくる。

やがてそれも、寒さに凍てつきだし、ヒリヒリと痛みを訴えてくる。

(――ああ。もういっそ、ここで死んでしまった方が楽なのかもしれない)

そう思った拍子に、足元の段差に気付かず、つんのめって転んでしまう。

「はっ……あ……」

ずしゃ、と。

頰や体を埋める雪が、余計自分の惨めさを煽った。

立ち上がろうか、立ち上がるまいか。

地面に這いつくばり、涙と寒さに耐えきれず荒い息を吐きながらその場に倒れ尽くしていると、
ざくりと、耳元で雪を踏む音がした。

「――なんだ、これは」

倒れていてもわかる、耳に響いてくる心地の良い低音。

しかしそれさえも、白百合にとっては、もはやどうでもよかった。

（――もう、どうでもいい。助かっても、助からなくても）

「おい、起きろ。ここで寝ると死ぬぞ」

そう言って、声の主が地面に屈み、自分を抱き起こそうとするのがわかった。

この人は、どうするのだろうか。

一応なけなしの善意だけ見せて立ち去るのか、それとも――。

そう思いながら、白百合は意識を手放す。


――これが、自らの運命を変えることになる出会いになることを、彼女はまだ知らない。

白百合を抱き上げたこの人物こそが、四大華族筆頭家の新当主となる、東條蒼梧その人であることを。

そうしてこの人物こそが、これまで不遇であった白百合の心を癒し、愛を与えていくことを。

彼女が知ることとなるのは、これからまだ先のこと。

暖かい布団の中で彼女が目を覚ました後――。

彼女たちの物語が始まるのは、それからである。

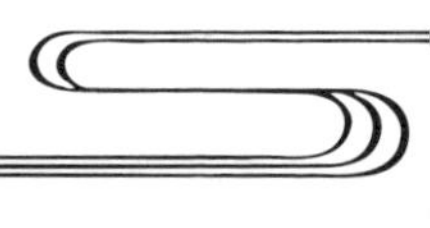

あとがき

はじめまして、遠都衣と申します。

この度は拙作、『悪役華族令嬢の兄に転生した俺、（以下略）』をお手にとっていただき、まことにありがとうございます。

本作品は、小説投稿サイトでの連載からお声がけいただき出版に至ったものであり、私のはじめての商業作品となります。

実のところ、この作品を書き始める前は異世界恋愛ものを主軸で書いていたため、『どうせそんなに閲覧数も取れないだろうし、さっと書いて完結したらさくっと次の異世界恋愛を書こう』と思っていたものが、まさかこんなにたくさんの方に面白いとご好評いただけるとは思っていませんでした。

当初は『大正浪漫なんて書けないよ……！』と思っていたので、本当は現代ローファンタジーで始める予定だったのですが、結局大正浪漫風で始めてしまったためにめちゃくちゃ苦労もしました。『この時代○○ってあるのかな……？』というものがとても多く、調べ始めたらキリがなくて、執筆時間よりも調べ物をしている時間の方が多いくらい。

途中、投稿サイトのコメントで『俺のユニバースにはあるんだよ！　って言い切っちゃって良いと思いますよ！』と仰ってくださった方がいて、だいぶ肩の荷がおりたのを覚えています。

妹たちに関しては、現在作者に六歳と四歳の姪っ子がいるのですが、その子たちの元気っぷりを

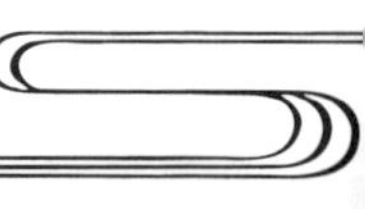

思い出しながら書いていました。

かくれんぼのシーンで『実際に子供とかくれんぼするともっと過酷なんだろうな……』と思った後に、本当に姪っ子たちとかくれんぼをする機会があったのですが、思った通り過酷でした（笑）。

今回の書籍化にあたりおよそ六万字加筆したのですが（表に出さなかった分を含めると七万字はいってるかも）、書籍化作業にあたり投稿サイトに掲載したものを見直すと、結構さくーっと菊華たちの幼児時代が終わっていてもったいなかったなと思ったので、そのあたりを担当編集様にもアドバイスいただき厚めに加筆しております。

後は、書籍版オリジナルキャラの家令の吉澤さんと、書籍版で初めてチラ見せされた霞ママ。作者の頭に突然降って湧いてきた原作の『しらゆりの花嫁』プロローグ。

ＷＥＢ版で既にお読みいただいている方にも楽しんでいただける内容になっているのではないかなと！　思いたい！　きりっ！

とりあえず二巻も出していただけるようですので、引き続き西園寺蓮くんワールドを楽しんでいただけると幸いです。

最後に、私の初めての書籍化をこれ以上ないくらいに支えてくださった担当編集様。この物語の世界観を千パーセント増で素敵に描いてくださったイラストレーターの淵様。投稿サイト掲載時からこの作品を応援してくださった皆様に。感謝を込めて御礼申し上げます。

次巻予告

新たな神獣、
蒼龍登場!?

菊華は初等部へ、
継母はその裏で
暗躍し――

二〇二五年
六月ごろ
二巻発売！

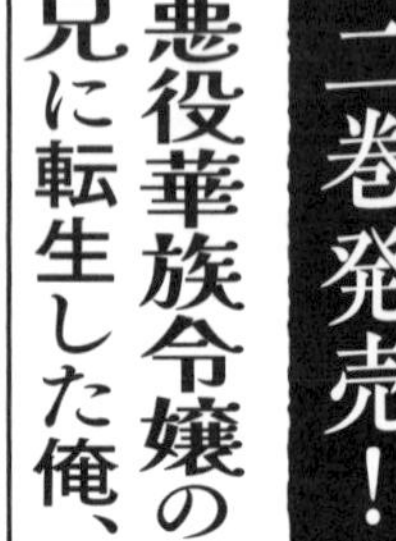

悪役華族令嬢の
兄に転生した俺、
破滅回避のために
妹教育を頑張ったら、
最高に可愛い
ブラコン令嬢が
爆誕しました

遠都衣

Illustration:淵